D1699620

Claus Goworr

DIE
K R I S E

ODER

Täglich blökt ein
anderes Schaf

Erzählung

Erstausgabe

Alle Rechte vorbehalten

Copyright © 2011 by easyverlag Frankfurt

Gestaltung und Satz: Christa Thieser

ISBN 978-3-9429-7102-7

www.easyverlag.de

Ich finde, Wahrheit bedarf keiner diplomatischer Verrenkung. „Political correctness" führt irgendwann zu Vergewaltigung der Freiheit. Mit etwas Humor begegnen wir der Wahrheit leichter, sind zugänglich für Gedanken, vielleicht auch für versteckte Appelle. So ist dieses kleine Buch entstanden.

Die Welt rückt zusammen, von der Welt AG, die einmal ein bekanntes Autohaus für sich reklamierte, bis zur Globalisierung der Finanzmärkte. Die Völker, die Länder und Nationen werden sichtbarer, bekannter. In Indonesien demonstrieren Gläubige gegen ein kleines Land in Europa, von dessen Menschen sie vermutlich nichts wirklich wissen. Jede Information kann weltweit in Sekunden in irgendeinen gewaschenen oder ungewaschenen „falschen Hals" geraten.

Jeder noch so kleine „Pups" kann medial weltweit aufgebläht werden. Und kommentiert ihn erst einmal ein berufener Journalist, wird's ernst. Mit Information lässt sich nicht nur gut Geld verdienen. Man kann damit auch trefflich manipulieren oder unter dem Deckmäntelchen der Pressefreiheit rein zufällig und völlig ohne Absicht, großen Schaden verursachen, der sich dann ja wieder fantastisch medial verwerten lässt. Wen kümmert schon der Schaden, der daraus für die Betroffenen entsteht.

Treffen der Staatschefs und Krisengipfel zu Finanzen und Umwelt sind ja sinnvoll. Für viel wichtiger halte ich, mit genauso viel Ehrgeiz und Enthusiasmus, Bewusstsein zu schaffen für den Umgang mit Information. Nur, wenn es gelingt, den Respekt voreinander und die Verantwortung für das eigene Tun zum Leitsatz, ja quasi zur Maxime zu erklären, hat unsere durch das Internet so klein gewordene Welt, trotz aller Unterschiede in Kultur, Religion und Gesellschaft, eine Chance.

Naiv? Vielleicht! Aber genauso naiv ist es zu glauben, dass die Wirtschaft und Politik ohne Druck sich wirklich diesen wichtigen Themen annehmen werden. Dies aber ist für ein friedliches Miteinander entscheidend. Die Verantwortung dafür kann man nicht einfach abgeben. Auch Unternehmen, die vom globalisierten Arbeitsmarkt und Absatzmarkt profitieren, haben Verantwortung für die Konsequenzen ihres Handelns zu tragen, wie eine Politik, die Kriege und Gewalt nicht wirklich verhindern will und dabei die höchsten Werte ihrer Nationen erschüttert, verschleiert, ja bis zur Unkenntlichkeit verstümmelt.

Den Medien kommt dabei eine Schlüsselfunktion zu. Sie beeinflussen in der heutigen „informationsglobalisierten" Welt massiv das Wohl und Weh, Krieg und Frieden, Macht und Wahlen. Wer die Diskussion um die Verantwortung von Medien nicht führt und auch die ach so glorreiche Internetgemeinde in die Verantwortung einbezieht, sollte eigentlich besser seine politische Verantwortung abgeben, sich auf den Kopf klopfen oder einfach in der Sonne Schuhe putzen, oder ähnlich ungefährliche Dinge tun, so wie Ahmed.

AHMED

Als ich Ahmed das erste Mal sah – oh du meine Güte! Wissen Sie, als ich diesen Jungen das erste Mal sah, also, als ich ihn damals sah, da dachte ich mir nie im Leben, dass er mal so einen Tumult verursachen könnte. Ach, was heißt „so einen Tumult"? Ich hätte nie gedacht, dass er überhaupt jemals aus unserem Dorf herauskommen würde.

Er muss so etwa 5 Jahre alt gewesen sein damals. Und – Allah strafe mich, wenn ich lüge – niemals habe ich je vorher oder seither einen fauleren Jungen gesehen. Den ganzen Tag saß er auf einem Stuhl am Fenster. Saß da und starrte nach draußen, wenn man ihn ließ. Wenn man ihm eine Arbeit gab, musste man schon geduldig sein. Auch redete Ahmed nicht viel. Er beschränkte sich auf „ja" und „nein", aber meistens sagte er „weiß nicht". Am liebsten saß er da und starrte vor sich hin. Aber das machte nichts.

Denn Ahmed wuchs in einer Welt auf, in der „Geiz nicht geil" war und nicht jeder nur der Größte sein wollte. Jeder hatte den Platz, den Allah ihm zugewiesen hatte. Und der musste nicht unbedingt an der Spitze sein. Die Menschen in Ahmeds Dorf waren gottesfürchtig, arm und glücklich.

Und auch Ahmed war das damals. Und so ist er auch heute noch. Heute – zwanzig Jahre später. Schafhirte ist er geworden. Ein ehrenwerter Beruf, da, wo ich herkomme. Manche Menschen mögen zwar zu Hohem berufen sein. Aber Ahmed ist nicht „manche Menschen". Und davon abgesehen: Die hohen Herren und Damen wollen schließlich auch Wolle am Leib tragen und schmackhaftes Fleisch essen, oder nicht? Na also! Ahmed ist also dazu berufen, den zu höherem Berufenen ihre Berufung zu ermöglichen.

Und damit ist er ganz zufrieden. Sieht zumindest zufrieden aus, wie er da so mit einer Herde durch die Gegend stapft. Und seit dem, was ihm da neulich Verrücktes passiert ist – also wissen Sie, seit dem hat er zusätzlich zu diesen ganz materiellen Dingen noch einen tieferen Sinn und Frieden in seiner Tätigkeit gefunden. Aber keine Angst, in dieser Geschichte geht es nicht um Spiritualität, oder so etwas. Es geht darum, wie verantwortungslos Medien sein können. Und es geht um Ahmed.

Vor einigen Monaten war Ahmed noch ein normaler Schäfer. Er spazierte mit seiner Herde über die sonnendurchflutete Ebene und machte seinen Job. Er führte seine Schafe weiter, wenn sie weiter wollten.

Er achtete darauf, dass sie keinen Raubtieren zum Opfer fielen. Er fluchte, wenn sie ihm auf die Zehen latschten. Schäferalltag eben.

Es war Spätsommer – in unserer Gegend eine sehr trockene, windige und staubige Zeit. Ahmed trieb seine Herde nicht allzu weit vom Dorf entfernt zu den letzten kargen Flecken Gras, das zwischen großen Steinen wuchs. Er setzte sich und betrachtete seine Herde. Eines seiner Schafe fiel ihm auf. Es trottete laut blökend immer wieder um einen am Boden liegenden Felsbrocken herum, anstatt Nahrung zu suchen. Nach kurzer Zeit sammelten sich mehrere Schafe um den lauten Blöker und folgten ihm bei seinen Runden um den Felsen.

„Herdentrottel", brummte Ahmed missmutig. Bald trabte die ganze Herde blökend um den kargen Fels herum und scherte sich nicht mehr um die Futtersuche. Ahmed hatte keine Lust einzugreifen.

Nach einer halben Stunde dachte er, dass er wohl oder übel aufstehen musste, um die Schafe zum Fressen zu zwingen. Eine weitere halbe Stunde später dachte er: „Aufstehen!" Eine weitere halbe Stunde später stand er auf. Kurz darauf bewegte er sich seufzend auf seine im Kreis laufende Herde zu. Er wusste nicht, dass diese Herde, die einem verwirrtem Schaf folgte, sehr dem glich, was er in naher Zukunft erleben würde. Mit seinem Stab gab er den Schafen einige Hiebe auf die Hinterteile und zerstreute damit die Herde. Dann trieb er sie wieder zusammen. Ahmed schnaufte und begutachtete sein Werk. Der große Aufwand hatte ihn müde gemacht. Also hielt er Ausschau nach einem Futterplatz für die Herde und einem Schlafplatz für sich.

Schließlich fand Ahmed diesen Platz. Es gab dort Dornenbüsche, gelbe Grasbüschel und hie und da noch einen knorrigen Baum mit Blättern zäh wie Leder. „Genug für die Herde", dachte sich Ahmed. Nahe einer Felswand hatte sich feiner Sand in einer Kuhle gesammelt. Obwohl es bereits Abend wurde, war dieser Sand von der Hitze des Tages noch angenehm warm. „Genau das richtige", dachte Ahmed und breitete seine Decken aus. Seine Herde blökte unzufrieden. Sie war hungrig, weil sie dem Blöker auf den Leim gegangen war. Ahmed war das egal. Das protestierende Blöken der Schafe beruhigte ihn. Es zeigte ihm, dass es doch so etwas wie Gerechtigkeit gab. „Die Schafe", so dachte er, „sind selbst schuld. Hätten sie nicht so einen Aufstand gemacht, wären sie ohne weiteres satt geworden!" Befriedigt von dieser gerechten Strafe des Schicksals, senkte er die Lider und das klagende Blöken seiner Schafe trug ihn in den Schlaf hinüber.

Was genau in der kommenden Nacht geschah, das kann ich nur vermuten. Wenn die Schafe reden könnten, würden sie wahrscheinlich sagen, die Strafe des Schicksals habe Ahmed in jener Nacht getroffen. Ich aber sage: Es war ein Stein. Ahmed träumte von alten Märchen. Von Zauberern und von armen Bauernburschen, die das große Glück fanden und wieder verloren.

„Und dann", sagt Ahmed, „dann schau ich nach oben und plötzlich nähert sich etwas Großes, Schnelles und Hartes." Es war wohl ein Stein, der von der Felswand herab und Ahmed auf den Kopf fiel – vielleicht war es aber auch ein kleiner Komet vom Himmel, ein Tritt Allahs, der Ahmed aus seiner Trägheit reißen wollte. Was genau es war, das Ahmed in jeder Nacht traf – das weiß ich nicht. Ich weiß nur, dass der Ahmed, der am Morgen aufstand, nicht mehr der Ahmed war, der abends eingeschlafen war. In den Augen des neuen Ahmed war die Welt plötzlich zu einem schillernden Farbenspiel aus grellen Rot- und Gelbtönen geworden. Alles verschwamm zu einem bedrohlichen Bild. Ahmed erwachte und rannte fast blind vor Angst einfach geradeaus. Und der Weg –

der Weg, den er weiter rennen wollte – der war glasklar: Geradeaus! Ahmed lief also geradeaus und die grellen Farben flimmerten noch vor seinem Gesicht. Es kam, was kommen musste: Ahmed stieß seinen Kopf an einem großen Felsvorsprung.

Ein Umstand, an dem wir erkennen können, dass sich die Natur durchaus etwas dabei gedacht hat, ihre Wesen mit der Fähigkeit der Richtungsänderung auszustatten. Geradeaus laufen mag ein von Mathematikern bejubelter Idealzustand sein, nützlich ist er aber nur in einer hypothetischen Welt ohne Hindernisse.

Ahmeds Kopfarbeit hätte also durchaus böse in einem Schädelbruch enden können. Er kam aber wieder auf die Beine; die Begegnung gab ihm jedoch neue Richtung.

Er kam ins Dorf. Am Dorfplatz, wo er seine Freunde manchmal zum Spielen traf, lag eine Zeitung. Die mit den großen Überschriften. Er sah die Reste der Zeitung vor sich, die vermutlich ein gebildeter deutscher Tourist achtlos weggeworfen hatte. Zeitungen waren in der Welt der Schafe und Hirten selten. Ahmed blinzelte und las eine Schlagzeile. Ein Wort darin gefiel ihm. „Change!" rief er. Er las weiter. „Krise!" rief er. Die Schrift verschwamm vor seinen Augen, als die Kopfverletzung sich bemerkbar machte.

Er sah nun nur noch die Schemen der bunten Zeitung. „Gold!" stellte er fest. Und damit war sein Sprachvermögen am Ende angelangt. In den nächsten Monaten sollte er nur noch diese drei Wörter sprechen. Frisch und befreit schritt er aus. Der Schmerz in seinem Kopf war wie weggeblasen. So euphorisch rief er Gold, Krise und Change in den Wind.

Ahmed lief los. Immer geradeaus. Keinen Millimeter wich er von seinem Weg ab. Er hatte Glück, dass nichts wirklich Gefährliches seinen Weg kreuzte: Ans Ausweichen dachte er nämlich nicht. Darin glich er wohl manch jungem Mann auf seinem Lebensweg.

Ahmeds Weg führte ihn zunächst einige Kilometer durch die Wüste. Ich bin später seinen Weg abgegangen und fand Fetzen von Ahmeds Kleidung an Kakteen hängen. So richtig frontal ist er wohl gegen keinen Kaktus gelaufen. Aber ich vermute doch, dass Ahmed ganz schön zerrissen aussah, als er nach etwa zehn Kilometern Fußmarsch zur großen Asphaltstraße nahe dem Dorf Badi-el-Mishbi kam.

Die Wüste ist ein seltsamer Ort. Als ich ein Kind war, konnte ich mir nichts Langweiligeres vorstellen, als einen Tag in der Wüste zu verbringen. Es gab dort nichts Aufregendes, nichts womit man spielen konnte.

Ein Kind lebt in der Gegenwart. Es kann sich nicht vorstellen, in einer Stunde im kühlen Schatten einer Palme zu sitzen und sich erfrischendes Wasser die Kehle herunterlaufen zu lassen. Alles, was ein Kind spürt, ist die Hitze und seinen kleinen Körper. Was ich heute in der Wüste spüre ist im Grunde dasselbe. Nur, dass es Bedeutung hat. In der Stille erkenne ich die Leere in mir. Und in der Leere die Frage nach dem „Warum". Warum z.B. Menschen so häufig ihre eigenen fünf Sinne beiseite schieben und dafür lieber dem Geblöke bunter Schafe lauschen. Aber ach, seht mich an, ich schwafele mal wieder.

Während seines Marsches durch die Wüste tanzten wieder bunte Farben um Ahmed. Fast so, als hätte er immer noch eine Boulevardzeitung vor Augen. Wärme sprudelte in seinen Eingeweiden, während die liebevolle Stimme des Windes seine Ohren streichelte. Das „fragende Du des Göttlichen" hatte sich ängstlich hinter seiner Milz versteckt und die gelegentlichen Beinahe-Kollisionen mit Kakteen nahm er als zarten Widerstand wahr. Sein Körper fühlte sich an wie tanzender Sand und die breite geteerte Straße bemerkte er erst, als er seinen Fuß auf sie setzte. Dann aber stutzte er. Nach dem unebenen Schweben der letzten Stunden wirkte dieser von Menschen gemachte harte Pfad auf ihn wie ein Ziegentritt gegen seine Fersen. Sein Mund öffnete sich und er schrie seine drei Worte, während er einen Fuß vor den anderen setzte. Jeder Schritt hallte wie der Fußtritt eines Giganten in seinem Gehirn wieder. „Gold! Krise! Change!" brüllte er, als er glaubte, dass plötzlich so etwas wie eine Rakete sich näherte. Bestürzt blieb Ahmed stehen und konzentrierte sich auf das silbrige Etwas, das schnell näher kam. Plötzlich fing die Rakete an zu schreien und mit einem Sturmwind riss sie ihn von den Beinen. Nun bewegten sich Ahmeds Füße wieder. Sie liefen schnell geradeaus. Und daran taten sie gut, denn weitere Raketen hatten es auf Ahmed abgesehen. Alle schrien sie ohrenbetäubend, als sie versuchten, seinen Weg zu verwirren. Vergebens. Den geraden Marsch unseres Ahmed hielt keine der Raketen auf. Selbstverständlich waren es keine Raketen, sondern Autos. Und an eben dieser Stelle fahren diese seit jeher äußerst langsam. Ich vermute, dass Ahmed lediglich von einem im Schritttempo fahrenden Pickup umkurvt wurde, denn andere Wagen gibt es in dieser Gegend nur selten. Dass er diese rostigen Karren mit Raketen verwechselte, mag einen Hinweis darauf geben, wie sehr sein Zeitgefühl durcheinander geraten war. In seiner Erzählung betonte Ahmed immer wieder die stundenlange Marter des Asphalt-bodens unter seinen Füßen. „Es war, als ob Schafs-schei……an meinen Schuhen klebte. Jeder Schritt dauerte eine Minute und brauchte tausend Herz-schläge", sagte er. Bei einer Straßenbreite von etwa sechs Metern muss man zu dem Schluss kommen, dass sich Ahmed zu dem Zeitpunkt entweder gehörig verzählt oder die Herzfrequenz eines Kolibris hatte. Beides wäre nicht schön und so kann man verstehen, dass Ahmed triumphierend johlte, als er wieder die weichen Wolken des Wüstensandes unter seinen Füßen spürte.

Aisha wohnt bereits seit über sechzig Jahren in Badi-el-Mishbi. Und seit etwa zwanzig Jahren bewegt sie sich kaum von der Holzbank vor ihrer einfachen Hütte weg. Morgens, noch bevor die Sonne aufgeht, setzt sie sich auf die Bank. Abends erhebt sie sich wieder. An der Hauswand hinter ihr ist schon seit län-gerem der Umriss ihres fülligen Körpers zu sehen. Aisha schützt die Wand vor der Sonne. Und sie beobachtet die Welt. Sie sah, wie Ahmed in das Dorf gewankt kam. Nun, das vermute ich zumindest.

Es war Markttag. Die jungen Frauen hatten Bett-laken und Kleidung zum Trocknen zwischen die Häu-ser gehängt und sich schon früh zum Marktplatz aufgemacht. Aisha beobachtete die hängende Wäsche. Plötzlich hörte sie das Flattern gigantischer Flügel. Erschrocken sah sie in die Richtung, aus der das Flattern kam. Zu ihrer Erleichterung sah sie aber nur ein laufendes Betttuch, garniert mit einigen Büstenhaltern. Ahmed hielt auf den Marktplatz zu.

Der Markt von Badi-el-Mishbi ist nicht nur einfach ein Lebensmittelmarkt. Durch die Nähe der Stadt zur Küste ist er eine Touristenattraktion und so werden dort auch Stoffe, Kleidung, sowie verschiedene Dienste angeboten. Man kann sich rasieren und parfümieren lassen, Wahrsagerinnen haben Zelte aufgebaut und sogar ein Herrenausstatter aus der Hauptstadt ist mit einem teuren, mobilen Stand vertreten. Nun bin ich etwas in Verlegenheit, denn eigentlich müsste sich Jemand vom Markt ja an ein laufendes Laken oder zumindest an die Büstenhalter erinnern. Vielleicht sogar an Ahmed. Aber keiner auf dem ganzen Markt bemerkte ihn. Sehr seltsam, denn als Ahmed den Markt an jenem Tag betrat, muss er ramponiert, schwitzend und geschunden gewesen sein. Doch als er den Markt verließ, war er gebadet, rasiert, parfümiert und in den feinsten Zwirn der Hauptstadt gekleidet. Aber weder Herr Talman, der Herrenausstatter, noch Monsieur Brabant, der Parfümeriebesitzer, noch

Madame Sou, die Inhaberin des Badezeltes konnten sich an ein brüllendes, geradeaus laufendes Laken erinnern. Und so kann ich Ihnen nur wiederum berichten, was mir das brüllende, geradeaus laufende Laken höchstpersönlich erzählt hat.

„Ich war ein Spukgespenst!" sagte Ahmed mir später. Das erklärt wohl alles. Na ja, wichtig am Ende ist doch nur das Ende. Und das besteht in diesem Fall in einem piekfein geschniegelten Ahmed, der nun bereit war für seinen großen Auftritt.

Ein Taxifahrer sah Ahmed die Straße zum Meer entlang laufen. Ahmed hatte einen feinen Anzug an und zauberte dem Taxifahrer damit Dollarzeichen in die Augen. Der Taxifahrer hielt an und fragte den feinen Herrn, ob er vielleicht eine Mitfahrgelegenheit zum Strand benötige. Ahmed hielt nicht eine Sekunde in seinem strammen Marschtempo inne, sondern brüllte nur „Change!". Den Rest verstand der Taxifahrer nicht, da Ahmed eine riesige Zigarre im Mundwinkel hängen hatte. Der Taxifahrer ließ sich dadurch nicht abwimmeln. Er fuhr sicher noch einen Kilometer neben Ahmed her und redete auf ihn ein. Er schwärmte ihm vor, was für einen günstigen Preis er ihm machen wolle und dass sich der edle Herr doch nicht seine feinen Schuhe auf der staubigen Straße kaputt laufen solle. Der „edle Herr" allerdings verblüffte den Taxifahrer nach etwa einem Kilometer sehr. Er folgte nämlich nicht einer Kurve, sondern lief geradeaus durch ein hüfthohes Gebüsch. Anschließend brach er durch einen morschen, halb verfallenen Holzzaun. Der Taxifahrer war verblüfft. So beeindruckend war noch kein Tourist vor ihm geflohen. Von dieser Straßenbiegung aus war es nicht mehr weit bis zum Meer und Ahmed wäre wohl unbeirrt in die Fluten gelaufen und ertrunken, wenn die moderne Zivilisation nicht genau vor Ahmeds Nase ein Erholungszentrum für gelangweilte, aber reiche Menschen gebaut hätte. Das Ferienressort hieß „Paradise Beach" und war in etwa so phantasievoll angelegt wie es sein Name vermuten lässt.

TIFFANY

Tiffany Bright kannte hier jeden und jeder hier kannte Tiffany Bright. Bekanntes ist bekanntlich völlig ungefährlich. Tiffany Bright war daher auch nur für die Alkohol-Bestände der Poolbar eine Bedrohung.

„Garçon!" schrie sie an jenem Morgen wie an beinahe jedem Morgen nach dem dritten Glas Gin. Der Kellner hatte gedöst und richtete sich ruckartig auf. Panisch wischte er den Tresen vor sich und fixierte Tiffany mit glasigen Augen

„Ja Madam?"

„Garçon, wieso sitzt Ihre Krawatte schief?"
Der Garçon sah hektisch an sich herunter und erschrak. Er trug eine Fliege.

„Ich trage eine Fliege, Madam!" stotterte er.

„Ich habe Sie gefragt, wieso sie schief sitzt, goddamnit, sind Sie taub?"

„Pardon, Madam. Ich richte sie."

„Mein Dad ist Senator...der richtet Sie! Der richtet Sie hin!"
Tiffany Bright brach in gackerndes Gelächter aus, das nach wenigen Minuten in ein ersticktes Schluchzen mündete. Der Barkeeper atmete tief durch. Nachdem

er sich von seinem Schrecken erholt hatte, hatte er Mitleid mit ihr. Tiffanys Vater war der US-Senator William T. Bright und als Tochter eines Republikaners hatte sie es an einem Pool voller Filmproduzenten und Ostküstenliberaler nicht gerade leicht. Ihr blieb nur die Flucht nach vorne, indem sie ihren Vater liebevoll als mordlustigen Rechtsaußen hinstellte.

Ahmed war am Eingang von „Paradise-Beach" angelangt. Frontal knallte er gegen die Betonmauer. Weh getan hatte er sich nicht. Trotzdem begann er so laut zu brüllen, dass der Portier am Eingang erschreckt in seinem Häuschen aufsprang und die sichere Ummauerung des Ferienressorts verließ, um nach dem Rechten zu sehen. Er sah einen Mann, der die Mauer mit seiner Nase wegzuschieben versuchte. Nun, der Portier war nicht neu in seinem Job. Er hatte schon Gäste gesehen, die angetrunken versuchten, auf einem Esel zu reiten. Darum fragte er nur freundlich: „Sind Sie ein Gast unseres Hauses?"

Wäre das der Fall, hätte Ahmed nach der Logik des Portiers herzlich gerne in seinem Versuch, die Wand fortzuschieben, fortfahren können.

„Change!" brüllte Ahmed in einer Lautstärke, dass der Portier einen Satz nach hinten machte und Ahmed damit einen Drall in Richtung Tor gab. Die zielsichere Art, mit der Ahmed auf den Swimming-Pool zuhielt, war dem Portier in diesem Moment Antwort genug.

„Mr. Change aha", dachte er. „Das klingt nach unseren Gästen."

Der Portier irrte sich. Aber das machte nichts, denn damit befand er sich in guter Gesellschaft. Es waren nämlich fast alle Annahmen falsch, die tagtäglich in diesem Ferienressort getroffen wurden. Dumm nur, dass manche das richtige Leben betrafen.

Ihnen, werter Leser, ist inzwischen sicher aufgefallen, dass Ahmed nicht mehr richtig tickte. Hätte ich früher gewusst, dass genau das die perfekte Voraussetzung dafür ist, um von einer breiten Öffentlichkeit gemocht und respektiert zu werden – dann hätte ich meine jungen Jahre wohl nicht an der Universität verbracht. Ich hätte mir möglichst fest mit einem Stein auf den Kopf geschlagen. Nicht, dass Sie mich falsch verstehen: Gesunde Demenz ist nicht notwendig für den sozialen Aufstieg – aber sie hilft. Und in Ahmeds Fall war sie wohl die einzige Möglichkeit, die hohen Mauern des „Paradise-Beach" zu überwinden und in das Scheinwerferlicht des Weltinteresses zu treten.

„Change, Krise, Gold!" rief Ahmed unentwegt, als er den Poolbereich des „Paradise Beach" betrat. Mit lautem Scheppern schlug Ahmed auf der Theke auf und räumte einige leere Gläser ab.

„Hey, was soll das, goddamnit?" schrie Tiffany und erwartete die übliche ängstliche Reaktion ihres Gegenübers.

„Krise! Gold!" brüllte Ahmed ihr aus nächster Nähe ins Gesicht.

„Ein Tequila Gold – geht klar." meldete sich der Barkeeper zu Wort. Er war darin geübt, ungewöhnliche Bestellungen richtig zu interpretieren.

Tiffany schnappte nach Luft. Hastig irrten ihre Augen über Ahmeds Gesicht. Sie schwankte zwischen Schreikrampf und Coolness. Sie entschied sich für die Coolness.

„Ich habe Dich beobachtet", sagte Tiffany. „Du läufst sehr gerade. Ich mag das."

Ahmed drehte den Kopf ruckartig nach hinten und schrie einer älteren Dame ins Ohr:

„Change! Krise! Gold?" Die alte Dame purzelte kreischend vom Barhocker.
Tiffany setzte sich aufrechter auf ihren eigenen Barhocker und hielt sich vorsichtshalber auch mal daran fest. Sie musterte Ahmed interessiert.

„Da hast Du Recht, goddamnit, diese verdammte Orientierungslosigkeit macht mir auch zu schaffen. Aber weißt Du ein Gegenmittel? Ich nicht." Sie war stolz auf sich. Das war doch mal „cool den Ball aufgenommen". Auch wenn der Ball in diesem Fall von einem Irren kam. Der Barkeeper kam und stellte den Tequila vor Ahmed ab. Ahmed ruckte sehr ausladend mit dem Kopf zurück in Tiffanys Richtung und warf mit der Stirn das Glas um. Der Kellner sprang zurück und murmelte etwas auf arabisch. Das Gemurmel drückte die Vermutung aus, dass in Ahmeds Verwandtschaft der ein oder andere Paarhufer zu finden sei. Tiffany verstand das glücklicherweise nicht. Dafür glaubte sie, andere Dinge ganz eindeutig zu verstehen.

„Oh my god, you're a straight person!" rief sie derart laut aus, dass sich die um den Pool versammelte öffentliche Meinung zu ihr umdrehte.

Ahmed stieß sich das Knie am Tresen an, verlor das Gleichgewicht und plumpste auf den Boden. Seine Beine liefen in der Luft weiter und Tiffany bekam einen Tritt gegen's Schienbein. Atemlos vor Verblüffung starrte sie Ahmed mit offenem Mund an. Das hatte weh getan!

„Seit – meiner – Kindheit...", stammelte sie, „seit meiner Kindheit hat es niemand mehr gewagt, mich zu treten!" Sie wusste nicht, wie sie das einordnen sollte. Dieser südländische Mann wirkte so entschlossen, so klar. So – südländisch!

„Gold!" brüllte Ahmed. Tiffany lief es heiß und kalt den Rücken runter. Der Mann hatte Feuer. Und etwas Unantastbares umgab ihn.

„Change - Krise!" brüllte Ahmed und strampelte zufrieden in der Luft.

„Das ist es", dachte Tiffany, „eine Luftblase, nichts Greifbares. So, wie der Börsencrash von der Wall Street, so unvermittelt drastisch wirkte die Aura dieses beeindruckenden Mannes. Er muss so eine Art Prophet sein!" Während Tiffany sich irrte, beugte sie sich nach vorne.

„Well, wenn Du mich schon trittst, könntest Du Dich zumindest auch vorstellen. Nicht wahr?"

Amerikaner! Man kann freundlich zu ihnen sein, oder sie auch jederzeit ohrfeigen: So lange man ihnen die Hand schüttelt, auf die Schulter klopft und verspricht, sie anzurufen, haben sie nichts dagegen. Tiffany lächelte also und streckte Ahmed ihre Hand entgegen.

„Gold!" schrie Ahmed die Hand an.

Tiffany lachte verlegen.

„Na gut", sagte sie, „dann nenne ich Dich Phil!"

Sie lachte kurz neckisch. „Ist Dir das recht, Phil?"

„Gold!" brüllte Phil und traf Tiffany erneut am Schienbein.

Phil war Tiffanys erster Freund gewesen. Es Sandkastenliebe zu nennen, wäre übertrieben. Es herrscht allgemein die Meinung, Liebeskummer werde umso schlimmer, je länger man mit einem Menschen zusammen war und je reifer die beiden zum Zeitpunkt der Trennung sind. Das klingt einleuchtend, ist aber falsch. Der Verlust einer Liebe ist in jedem Alter gleich schlimm. Nur gibt es Lebensphasen, in denen man eher zu pathetischen Handlungen neigt, als in anderen. Die Kindheit ist arm an Pathos und dafür reich an echten Gefühlen. Selbstmordversuche aus Selbstmitleid sind in dieser Phase relativ selten. Aber wer wie Tiffany schon einmal eine Barbiepuppe als Symbol für sein Herz beerdigt hat, der wird wissen, was Tiffany für „Phil den Ersten" empfunden hatte.

Phil der Zweite nahm seine neue Bekanntschaft gerade nur sehr rudimentär wahr. „Gold!" rief Ahmed und starrte geradeaus. Zufällig war „geradeaus" genau die Richtung, in der Tiffany saß. Sie versuchte, seinem Blick standzuhalten. Doch genauso gut hätte sie

versuchen können, einen fauchenden Kater nieder-
zustarren. In Tiffanys Augen war Ahmed beseelt von
der Schönheit der Welt. In Ahmeds Augen war Tiffany so eine Art Kaktus.

„Das Feuer in mir war erloschen", sagte sie.

„Ich weiß nicht wieso, aber in diesen paar Minuten, in denen Du nun neben mir sitzt, fühle ich es
wieder flackern."

Ahmed schniefte unbeeindruckt. Offensichtlich
hatten ihm das schon viele Kakteen gesagt.

Tiffany ist im sogenannten Bible Belt aufgewachsen. Jener wohlanständigen Region im mittleren Westen der USA, in der Nachbarn noch Nachbarn und
Werte noch Werte sind – oder es zumindest gerne
wären. Ich erwähne das nur, um Tiffanys und vieler
Amerikaner Neigung zum Pathos etwas zu erklären.
Und ihre Neigung dazu, wildfremde Menschen als
ihre Erlösung anzusehen. Ich danke Allah dafür, dass
ich keine charismatischen Erscheinungen brauche,
um mit mir im Einklang zu sein, schon gar nicht in
Form eines unberechenbaren Wesens aus Alaska, das
meint, mit Bärenbüchsen und naiven Sprüchen die
heile Welt zu retten. Doch verstehe ich die junge Frau
auch. Wenn die kulturelle Identität eines Menschen

darin besteht, für alles offen zu sein, besteht nun einmal die Gefahr, dass durch diese Öffnung so einiges entfleucht. Im besten Fall entfleuchen Ängste und Aberglauben. Viel häufiger entfleucht aber zuerst der Anstand und der gesunde Menschenverstand. Ein kluger Amerikaner hat einmal gesagt: „Some people are so open-minded that their brain leaks out." Und diese Dame aus Alaska verwechselt schon mal Russland mit Kanada, was aber auch eigentlich egal ist. Denn für viele Menschen ihres Schlages gehören beide Länder irgendwie zur USA. Dummheit und Macht, treffen sie zusammen, ist das die gefährlichste aller Waffen. Möge Allah dem großartigen und mächtigen Volk der Amerikaner diese Heimsuchung ersparen.

Verwirrt schien nun auch Tiffany zu sein. Nachdem er sich von ihren Weisheiten unbeeindruckt gezeigt hatte, schleppte Tiffany Ahmed auf ihr Zimmer. Sie wollte ihm beweisen, dass auch sie tief war. Also spielte sie ihm eine ihrer Meditations-CDs vor. Um ihn zu beeindrucken. Das schlug fehl.

Ahmed sagte mir später: „Ich erinnere mich noch, dass ich mich über die grenzenlose Belanglosigkeit dieses Gedudels wunderte."

Er ließ sich seine Abneigung aber natürlich nicht anmerken. Und so redete Tiffany weiter dummes Zeug.

„Weißt Du, Phil", sagte sie, „ich bewundere die Art, wie fokussiert Du die Dinge betrachtest. Ich meine, für Dich ist diese Wand nicht nur eine Wand, für Dich ist das die tiefe Essenz alles Seienden."

Ich sagte ja: Tiffany redete dummes Zeug! Sie hatte ein Semester Philosophie studiert und war ihren Professoren und Kommilitonen dabei gehörig auf die Nerven gegangen.

„Sag – oder ist die Mauer gar ein Selbst?" bohrte sie weiter und bekam glasige, in die Ferne blickende Augen. Sie hatte eine „Eins" in Philosophie bekommen. Nur so hatten die Professoren vermeiden können, sie ein weiteres Jahr an der Backe zu haben.

„Krise!" schrie Ahmed und fiel vom Stuhl.
Tiffany hüpfte auf der Stelle und klatschte in die Hände. „Ich wusste es! Oh Phil, wie aufregend ist es, mit Dir zu reden."

Etwa zu diesem Zeitpunkt hörte Ahmed ein leises Scharren, das ihn beunruhigte. Irgendwie hatte er das Gefühl, dieses Scharren könnte der Anfang von einer ganzen Menge Schwierigkeiten sein. Vor der Tür von Tiffanys Zimmer war Gerard in die Hocke gegangen und lugte durchs Schlüsselloch. Sein Schnäuzer scharrte dabei kaum hörbar am Türschloss. Gerard hieß eigentlich Abu. Aber Gerard kassierte weniger dumme Witze und mehr Trinkgeld als Abu. Darum Gerard.

Gerard war nicht ohne Grund der Etagenkellner mit dem höchsten Trinkgeld. Er bekam alles mit und er wusste die Neigungen jedes Gastes für diesen oder jenen Nebenverdienst auszunutzen.

Ahmed war Gerard natürlich auf der Stelle aufgefallen. Sein geübter Blick hatte Ahmed anfangs als spleenigen Irren mit viel Talent zur Abzocke eingeschätzt. Daher hatte er sich an Ahmeds Fersen geheftet, um herauszufinden, wie dem Neuankömmling am besten in die Taschen zu greifen war. Doch inzwischen war ihm klar: Dieser „Phil" war kein spleeniger Irrer, sondern ein ausgefuchster Trinkgeldjäger. Ein Meister seines Fachs, der eine neue Masche entdeckt hatte. Und zwar eine, an die Gerard niemals gedacht hätte: Die Masche nämlich, diese selbstverliebten Touristen einfach mit sich selbst reden zu lassen, daneben zu stehen, zu nicken und die Sahne abschöpfen. Das war richtungsweisend! Er musste seine Untergebenen unbedingt zu einer Versammlung einberufen. Es war Zeit für eine neue Taktik – und für gut geplante Gegenmaßnahmen.

GESELLSCHAFTSFÄHIG

Der Abend im „Paradise Beach" gehörte der Gesellschaft. Manche Gäste feierten ihren letzten Abend und betranken sich. Andere waren gerade erst angekommen und mussten sich in den Urlaub hinein trinken. Die meisten betranken sich aber einfach nur so.

Die allabendlichen Poolparties waren dementsprechend angefüllt von Kommunikation. Und wie ein weiser Mann einmal gesagt hat: Kommunikation geht meistens schief.

Der Abend begann wie immer damit, dass einige Leute aus der Filmbranche Tiffany laut grölend als Spießertochter titulierten. Bisher hatte sich Tiffany diesem unfreundlichen Begrüßungschor immer gebeugt und ebenso lautstark einige Zoten über ihren Vater losgelassen. Doch an jenem Abend lächelte sie nur kalt, deutete an ihre Seite und sagte: „Darf ich vorstellen? Phil!"

Daraufhin lief Ahmed entschlossen schnurstracks auf die Filmleute zu und blieb erst wenige Zentimeter vor dem Gesicht eines bekannten Regisseurs stehen. Und auch das nur, weil Tiffany ihn von hinten am Jackett gepackt hatte und so eine Kollision verhinderte.

„Gold!" schrie er dem Filmregisseur ins Gesicht.

„Was ist das denn für einer?" fragte der Regisseur mit eingefrorenem Lächeln.

Die dunklen Augen Ahmeds blickten, so glaubte er, tief in seine Seele. In Wirklichkeit sah Ahmed gar nichts.

„Das", sagte Tiffany mit ihrem strahlendsten Gesellschaftslächeln, „das ist Phil."

„Aha!" lachte ein Freund des Regisseurs. „Der mysteriöse Phil! Das wird Ihren Vater aber nicht sehr freuen, dass Sie sich einen Araber angelacht haben."

Tiffany fixierte den Mann und ihr Lächeln wurde kälter. „Mein Vater schätzt Menschen, die eine Vision haben. Phil ist ein Visionär!"

„Change, Krise!"

„Na diese Vision ist ja nun schon ein bisschen veraltet, was?" stichelte der Regisseur.

Er mochte es nicht, wie Ahmed seinem Blick standhielt. Es schien, als ob der Mann ihn gar nicht wahrnahm. So etwas war ihm seit der Grundschule nicht mehr passiert.

Tiffany hatte genug von den Frechheiten des Regisseurs.

„Warum überzeugen Sie ihn dann nicht von Ihrer Vision, mein Bester? Er drängt seine zumindest keinem auf", sagte sie.

Der Regisseur warf ihr einen kurzen Seitenblick zu. „Nun, Phil, dann werde ich Ihnen mal meine Vision erklären!" sagte der Regisseur und hoffte, dass seine Stimme halten würde. Er spürte, dass sie mit jeder Sekunde brüchiger wurde. Ahmeds Blick machte ihn noch wahnsinnig.

„Also, meine Vision sieht folgendermaßen aus: Stellen Sie sich eine Stadt vor, okay? Eine Stadt in der Zukunft. So ähnlich wie diese Stadt in Metropolis – kennen Sie Metropolis? – Metropolis also, nur in Farbe. Farbe mit leicht neonlastigem Farbton..."

„Gold!" brüllte Ahmed und biss dem Regisseur in die Nase. Schreiend machte dieser einen Satz nach hinten. „Himmel! Du meine Güte", stammelte er und sah sich unsicher nach seinen Begleitern um, „ja, Gold?".

Die Freunde des Regisseurs waren bleich geworden und ebenfalls etwas zurückgewichen. Einige der gelangweilteren Gäste hatten sich inzwischen auch zu der Gruppe gesellt. Es versprach, interessant zu werden.

„Also", sammelte sich der Regisseur. Er musste einen Moment auf den Boden blicken und sich vom Blick des Nasenbeißers befreien. „Also da ist diese total neonlastige Zukunftsstadt, okay? Und da wohnt dieses Hippie-Pärchen. Normalerweise total abgefahren, aber in dieser Psycho-Stadt eben total spießig, denn wissen Sie, was Ihnen fehlt?"

„Gold!" brüllte Ahmed.

Der Regisseur war einerseits froh darüber, diesmal nicht gebissen zu werden, andererseits ärgerte er sich darüber, dass er schon wieder zurückwich.

„Nein!" rief der Regisseur ungehalten. „Ihnen fehlt..." und in diesem Augenblick merkte er, dass dieser Fremde Recht hatte. Seinem in dutzenden Blockbusterfilmen erprobten Standardpärchen fehlte keine komplizierte Dreiecksbeziehung, kein actiongeladener, aber geradliniger Plot und auch nicht die am besten choreographierte Verfolgungsjagd der Filmgeschichte. Was diesem Pärchen fehlte, war die Glut, das Gold des Lebens.

„Nein", sagte der Regisseur dennoch. Er dachte: „Probieren wir's auf die versöhnliche Tour." Er neigte sich leicht nach vorne. „Was Ihnen fehlt ist, ordentlich was zu trinken!" Er lachte und streckte Ahmed die Champagnerflasche hin, die er in der Hand gehalten hatte. Ahmed schaute ihn weiter an, beziehungsweise durch ihn hindurch.

„Das war jetzt unhöflich", dachte der Regisseur.

„Das war jetzt genug", dachte Tiffany.

Sie schnappte sich Ahmed am Ärmel und zerrte ihn

an die Bar. An der Bar hatten sich bereits Tiffanys Ferienbekanntschaften versammelt. Kaum hatten sich Tiffany und Ahmed gesetzt, fragte von der Seite eine kühle weibliche Stimme: „Kann Deine Neuerwerbung auch reden, oder sieht er einfach nur schmuck aus, Tiff?"

Tiffany lächelte.

„Frag ihn doch, Letitia! Er sagt nicht viel, aber wenn er was sagt, sagt er was."

Entschuldigen Sie, wenn ich hier nochmals dazwischen gehe, aber dieser Satz ist Unsinn. Er ist in etwa so unsinnig, wie die Forderung, man sollte „echter" Leben. Die Frage, ob ein Leben echt oder unecht ist, stellt sich doch nie. Höchstens, ob ein Leben von der Gesellschaft als echtes oder unechtes Leben angesehen wird. Ebenso sagt jeder Mensch immer etwas, wenn er etwas sagt. Nur manchmal misst man Worten zu viel Bedeutung bei. Nehmen Sie Ahmed: Jeder normale Mensch hätte ihn einfach für das gehalten, was er war: bekloppt. Doch in dieser speziellen Umgebung – nun ja, man könnte sagen, Ahmed hatte einfach genau die richtige Gesellschaft für seinen Gehirnschaden erwischt.

„Nun gut, Sie Wunderknabe", sagte Letitia. Die Gruppe Damen an der Bar lauschte gespannt. Letitia war Journalistin und für ihr spitzes Mundwerk bekannt. „Reden wir nicht lang um den heißen Brei herum. Sie müssen's doch wissen: Was ist der Sinn des Lebens?" Tiffany drehte Ahmed auf seinem Hocker so, dass er Letitia direkt ansah. Ein paar Sekunden lang sah er sie einfach nur an.

Sie erwiderte seinen Blick spöttisch und wollte gerade zu einer schnippischen Bemerkung ansetzen, als Ahmed seinen Mund öffnete. Und wie einen Hauch sprach er ein Wort: „Change!"

Letitia blieb der Satz im Hals stecken, den sie gerade sagen wollte. Sie stockte mit offenem Mund und man konnte förmlich hören, wie ihre Bargefährtinnen den Atem anhielten. Was Ahmed gesagt hatte, war zwar keine Antwort gewesen. Doch die Art, wie er es gesagt hatte, konnte man durchaus als Antwort empfinden. Wenn man einfältig war.

„Sieh an", sagte sie eiskalt lächelnd, „der Herr braucht eine Zigarette, um im Leben glücklich zu werden." Sie holte ein silbernes Zigarettenetui aus ihrer Handtasche, zog eine Zigarette heraus und steckte sie sich in den Mund. „Aber Gold reicht da nicht. Haben Sie vielleicht Feuer – Phil?"

Ahmed schaute sie weiter einfach nur an. Letitia hörte, wie eine ihrer Abendbekanntschaften hinter ihr flüsterte. „Oh my god! What a straight man!"
Sie ärgerte sich. „Das ist jetzt unhöflich" dachte sie.

„Gold!" sagte Ahmed.

„Tequila - Gold, kommt sofort der Herr!" sagte Gerard, der sich für heute Abend den Dienst hinterm Tresen ausgesucht hatte. Er musste noch ein bisschen mehr beobachten, bevor er eine neue Strategie entwickeln konnte. Während Gerard den Tequila mixte, versuchte Letitia weiter, ihren Ruf zu retten und Ahmeds Blick standzuhalten. Aber schließlich verlor sie nach etwa einer halben Stunde diesen „staring contest". Nicht lange, nachdem sie als Erste geblinzelt hatte, begaben sich die meisten zu Bett.

EINE LEGENDE BEGINNT

Noch in dieser Nacht wuchs etwas rund um Ahmed, von dem er keine Ahnung hatte. Haben Sie schon einmal einen Nagel in Wasser gelegt? Der Nagel wird von ganz alleine rostig. Ebenso erging es Ahmed. Von dem Moment an, in dem ihm der Stein auf den Kopf gefallen war, setzte er Rost an. Der Rost der Menschheit ist Gerede. Und in dieser Nacht begann sehr viel Rost rund um Ahmed zu wachsen. Er wuchs in den Unterkünften der Angestellten, in den Raucherpausen der Portiers und in den Suiten der Gäste. Er entstand bei einer chemischen Reaktion aus Beobachtung und Missinterpretation, aus Neid und Bewunderung, aus innerer Leere und dem ewigen Hunger nach Sinn.

Aber sehen Sie mich an: Schon wieder fange ich an zu schwafeln.

In Letitias Suite hatte sich die Bargesellschaft zusammen mit dem Regisseur und seinem Gefolge eingefunden. Letitia hatte sich geärgert. Aber nach ihrem Erlebnis an der Bar hatte sie eine Idee. Sie arbeitete als „Freie" für einen Fernsehsender in Deutschland und hatte sich schon seit Jahren auf die Ferienzeit spezialisiert. In dieser Zeit kamen ihre Themen am Besten an. Themen übers Wetter und über süße Tiere.

Präsentiert mit bunten Bildern und vollem Informationsgehalt für einen Teil im menschlichen Gehirn, den niemand ernsthaft benutzen will.

„Sag mal, Dave", fragte sie den Regisseur, „meinst Du nicht auch, dass dieser Guru das „je ne sais quoi" hat, um einige feine, bunte Bilder abzugeben?"

Der Regisseur war immer noch ein wenig in seinem Ego angeschlagen und daher reagierte er nicht ganz so euphorisch, wie er es unter anderen Umständen getan hätte.

„Meine Liebe" sagte er, „eine ganz formidable Idee! Ich finde, allein der heutige Abend wäre legendär genug, um ihm ein filmisches Denkmal zu setzen."

Das dachte der Regisseur übrigens über jeden Abend, den er erlebte.

„Nun, nun", sagte Letitia, „ich denke, für den Anfang sollten wir es mit einem kleinen Fernsehbeitrag bewenden lassen."

Der Regisseur nickte und nahm Letitia in die Arme.

„Nur recht so. Testen Sie ihn, meine Liebe. Und wenn er einschlägt, wissen Sie ja, wer die Rechte an der größeren Vermarktung bekommen sollte!"

Letitia lachte. Zwei ihrer Freundinnen unterhielten sich neben der Minibar über die tiefere Bedeutung des gehauchten Wortes „Change". Über die zweite semantische Ebene des Wortes kamen sie aber nicht hinaus. Sie konnten sich einfach nicht einigen, was das Wort „semantisch" bedeutete.

Einige Stockwerke tiefer hielt Gerard in der Waschküche eine Lagebesprechung ab. Er hatte sich auf zwei umgedrehte Bierkästen gestellt und balancierte ungeschickt darauf herum.

„Also", sagte Gerard zu den versammelten Bedienungen, Zimmermädchen und -jungen, Barkeepern und Security-Kräften, „es sieht im Moment so aus, als ob wir Konkurrenz bekommen hätten."

Er beugte sich nach vorne und konnte nur durch heftiges Wedeln mit den Armen einen Sturz verhindern.

„Aber das ist nicht wahr." Er holte Atem. Und er überlegte fieberhaft, warum das nicht wahr war. Er fand nämlich, dass es sehr wahr sei. Die anderen sollten nur nicht denken, dass es wahr war. Was war überhaupt wahr? Gerard hatte den Faden verloren. Er entschied sich, zu schreien.

„Eine Konkurrenz ist nur so lange eine Konkurrenz, so lange sie etwas Neues produziert." schrie er. „Wir müssen wie die Chinesen sein. Sobald was erfunden wird: Imitieren! Ab morgen ist unser Kurs also ganz klar: Keiner von Euch läuft mir woanders hin als geradeaus! Starrer Blick! Nicht blinzeln! Nicht mehr als drei Worte! Habt Ihr das verstanden?" Gerard bückte sich, strauchelte und fiel scheppernd von den Bierkästen. Unter dem Gelächter der Angestellten griff er in eine Trainingstasche und zog einen Hut hervor.

„Ruhe! Jetzt wird sich jeder von euch jene drei Wörter aus dem Hut ziehen. Und diese drei Wörter wird er oder sie ab morgen sprechen – und zwar ausschließlich! Ist das klar?" Leichtes Murren war aus der Tiefe der Waschküche zu hören.

„Klappe!" sagte Gerard. Und jeder zog drei Zettel aus dem Hut.

Am nächsten Morgen wachte Tiffany erfrischt auf. Ihr war am Abend vorher eine grandiose Idee gekommen und nun suchte sie ihr umfangreiches Gepäck nach einer Visitenkarte ab. Jene Visitenkarte, die sie vor einigen Wochen von einer deutschen Journalistin bekommen hatte. Sie hatten sich zum Abschied versichert, einander bald mal zu besuchen und im Falle einer Schwangerschaft die Patenschaft für das Kind der jeweils anderen zu übernehmen. Tiffany war daher nicht allzu optimistisch, aber es konnte ja zumindest theoretisch sein, dass die Telefonnummer auf der Visitenkarte doch stimmte. Endlich fand sie die Karte und so wählte sie die Nummer der Journalistin. Natürlich führte diese Nummer Tiffany nur in die Zentrale eines deutschen Fernsehsenders, in der man den Namen der Journalistin niemals gehört hatte.

Tiffany dachte nur ganz kurz etwas Unfreundliches und ließ sich dann mit der aktuellen Redaktion des Senders verbinden. An der Bar des Hotels ging es an jenem Morgen geradlinig zu. Ein starr geradeaus blickender Gerard stellte seinen Gästen hinter der Theke immer die selben Fragen. Das lief dann in etwa so ab:

Gast: „Ein Frühstücksei bitte."

Gerard: „Weich?"

Gast: „Ja."

Gerard: „Hart?"

Gast: „Nein."

Gerard: „Sand?"

Gast: „Was??"

So ging das meistens. Die Gäste waren sehr unzufrieden und Gerard wahrte nur verzweifelt die Contenance. Die Sache mit den drei Wörtern schien doch nicht ganz so einfach zu sein. Vielleicht lag es an den

Wörtern. Aber auch das Geradeauslaufen war für das Handwerk der Kellner äußerst hinderlich. Und so konnten sie noch so gescheite Wörter von sich geben, ihr Gestolper machte all den guten Eindruck wieder zunichte. Gerard überlegte fieberhaft, wie man Ahmed besser imitieren könnte.

Tiffany manövrierte Ahmed derweil an einen freien Tisch und sofort waren Letitia und der Regisseur bei ihnen.

„Guten Morgen, Liebes", flötete Letitia. „Schön, Sie und Ihren Wunderknaben wiederzusehen!"

„Guten Morgen", sagte Tiffany kühl und hielt Ahmed eine Grapefruit hin. Er biss herzhaft in die Schale. Letitia verzog das Gesicht. Der Regisseur sprach Ahmed an:

„Wissen Sie, Ihre Performance gestern Abend war wirklich sehr gut. Wo haben Sie das gelernt?"

„Krise!" rief Ahmed und vermatschte sich die Grapefruit im ganzen Gesicht.

„In den Staaten natürlich", sagte Tiffany mit erhobener Nase. „Phil hat nur bei den Besten Schauspielunterricht erhalten. Er war sogar so gut, dass er schließlich die Leitung der Schauspielschule übernommen hat!"

„Aha", stutzte der Regisseur, „und welche Schauspiel-schule soll das sein?"

Tiffany biss sich auf die Lippen. Lügen konnte sie nicht sonderlich gut.

„Auf der Private Military Action School. Gegründet übrigens von keinem Geringeren als meinem Dad. Dort hab ich ihn auch kennengelernt."

Das klang sehr weit hergeholt, aber der Regisseur hörte sowieso nur halb hin und so ging die Lüge durch. Letitia übernahm nun wieder das Ruder.

„Das ist ja her-vor-ra-gend!" schwärmte sie. „Dann ist er ja sozusagen wie geschaffen dafür, ein Fernseh-held zu werden, nicht wahr?"

Tiffany war zu überrascht, um misstrauisch zu werden.

„Ja, in der Tat", sagte sie. „Und genau deshalb wird übermorgen ein Fernsehteam aus Deutschland hier ankommen und einen Film über Phil drehen!"

Die Mienen von Letitia und dem Regisseur froren ein. Jetzt musste Letitia schnell handeln.

„Na dann würde ich sagen, dass ich mein Fern-sehteam schon morgen hier antanzen lassen sollte, was?"

„Krise!" rief Ahmed.

„Was?" rief Tiffany und riss die Augen auf.

„Nun ja, Darling", sagte Letitia, „ich bin sicher, es ist auch in ihrem Interesse, wenn sich zuerst die Crème de la Crème diesem einzigartigem Phänomen hier widmet! Die üblichen Lückenfüller können auch dann noch gedreht werden, wenn die Kunst bereits erledigt ist."

„Wie wahr!" bestätigte der Regisseur. „Sie haben Glück, dass mein Stammteam gerade in der Nähe einen Dokumentarfilm dreht. Nach den ersten Berichten in Nachrichtenmagazinen brennen die Leute sicher darauf, Ihren Freund hier in einer ausführlichen Dokumentation näher kennenzulernen."

„Gold!" sagte Ahmed.

„Natürlich", lachte der Regisseur, „die bunte Landschaft der Mittelmeerküste und ihre Propheten werd' ich doch nicht Schwarz-Weiß ablichten. Casablanca war gestern!"

„Gold!" rief Ahmed.

„Na dann, Hand drauf!" sagte der Regisseur und bevor Tiffany etwas sagen konnte, hatte er sich Ahmeds Hand geschnappt und besiegelte das Geschäft – und kein Amerikaner hätte das bestritten. Ahmed sah ihn unverwandt an und drückte zu. Dem Regisseur traten Tränen in die Augen und sein Lächeln gefror. Schafhirten werden meistens für friedfertige, ruhige

Menschen gehalten. Dass sie schwere körperliche Arbeit verrichten und daher eine nicht unbeträchtliche Armmuskulatur ansammeln, vergessen die meisten. Letitia konnte das im Moment aber egal sein und so übernahm sie wieder das Ruder.

„Wunderbar!" rief sie. „Dann sind wir uns einig!"

„Einig?" fragte Tiffany, die völlig überrumpelt in ihrem Korbsessel saß. „Hey, Moment mal!"

Der Regisseur stieß ein leises Schluchzen aus und bemühte sich, still zu stehen. Er nahm sich vor, diesen Kerl so kitschig wie möglich darzustellen. Das hatte er nicht anders verdient.

„Na sicher sind wir uns einig", flötete Letitia, „hier im Orient zählt ein Handschlag schließlich noch was! Und Vertrag ist Vertrag."

Dem hatte Tiffany nichts mehr entgegen zu setzen und so sank sie zurück in ihren Korbsessel.

„Na gut, von mir aus", sagte sie und ohrfeigte sich in Gedanken für ihre Gedankenlosigkeit.

Letitia rief „Bestens!", drehte sich um und marschierte in Richtung Bar.

Der Regisseur sah ihr sehnsüchtig nach. Aber manchmal ist so ein Handschlag eine recht bindende Angelegenheit.

An dieser Stelle halte ich ein Wort zu der Behauptung angebracht, ein Handschlag zähle dort, wo ich herkomme, noch etwas. Es ist eine dieser typischen Schlagwort-Behauptungen, die kaum zu widerlegen und doch ziemlich eindeutig falsch sind. Da, wo ich herkomme, stellt der Händler zunächst eine Diagnose, die seinen Handelspartner und dessen Ware einzuschätzen versucht. Danach teilt er seinen Partner in drei und dessen Ware in zwei Kategorien ein. Die Kategorien für den Partner heißen „gerissen", „gefährlich" oder „dämlich".

Manchmal spielt auch noch der Faktor „hat eine gemeingefährliche Familie" eine Rolle. Und die Ware hat eigentlich nur zwei Kategorien, nämlich: „Taugt was", oder: „Kann man an Touristen verkaufen".

Nach dieser Einschätzung kommt der Handschlag, der manchmal ein gutes, manchmal ein schlechtes Geschäft besiegelt, aber immer nur eine Bedeutung hat. Nämlich: „Ich trau Dir zwar nicht über den Weg, aber Du solltest das besser auch nicht tun!" Und natürlich darf nach dem Handschlag die richtige „Nachsorge" nicht zu kurz kommen. Man muss schließlich beobachten, wie sich der Handel tatsächlich auf den Wohlstand der Handelspartner ausgewirkt hat, um sein Gegenüber beim nächsten Mal gegebenenfalls aus der „dämlich"-Kategorie in die „gefährlich"-Kategorie zu verfrachten oder umgekehrt.

Ahmed hatte also rein instinktiv genau das Richtige getan. Für dämlich würde ihn der Regisseur nämlich sicher nie mehr halten.

Nachdem sich der Regisseur mit einiger Mühe aus dem Schraubstock von Ahmeds Händedruck befreit hatte, verbrachte Tiffany den Rest des Vormittags damit, Ahmed ihre Lebensgeschichte zu erzählen. Die war zwar relativ langweilig, aber da Ahmed ohnehin nicht zuhörte, machte das nichts. Wobei: Langweilig war eigentlich nur der zweite Teil. Der zweite Teil begann etwa ab Tiffanys sechzehntem Lebensjahr. Denn aufgewachsen war Tiffany auf einer der Farmen ihres Vaters im Mittleren Westen der USA. Der Vater war extra mit seiner Frau und seiner kleinen Tochter aus seiner Stadtvilla aufs Land gezogen, um dem Mädchen eine natürliche Umgebung zum Aufwachsen zu geben. Der tägliche Kontakt zur Natur und zu körperlicher Arbeit hatte Tiffany glücklich und gesund aufwachsen lassen. All das führte dazu, dass eine sehr belastbare und intelligente junge Dame aus ihr wurde.

Als Tiffany zehn Jahre alt gewesen war, hatte sie noch seitenlange begeisterte Tagebucheinträge über die Entdeckung eines Erdhörnchenbaus oder über das Spielen am Bach geschrieben. Seit ihrer Pubertät konnte sie sich kürzer fassen. Das heißt: Sie hätte sich kürzer fassen können. Doch nur um jeden Tag „hatte Spaß" zu schreiben, braucht man sich kein Tagebuch mehr anzuschaffen. Deshalb war ihr Leben von da an auch so langweilig, aber cooler geworden. Doch trotz der inzwischen gewonnenen Coolness und der herausragenden Gleichförmigkeit ihrer Tage strebte sie immer noch danach, mehr „Straightness" zu erlangen. Und wenn man das weiß, versteht man langsam, warum gerade sie solch einen Narren an Ahmed gefressen hatte.

Am späten Nachmittag ging Gerard in die Offensive. Er stand an der Bar, starrte geradeaus und hantierte mit dem Mixer herum. Nach seinem Misserfolg am Morgen wollte er auf Nummer sicher gehen und hatte sich nun das angezogen, was Touristen im Allgemeinen für „traditionelle" arabische Kleidung halten. Eine Kleidung, die es im Übrigen genauso wenig gibt, wie traditionelle englische oder deutsche Mode.

Auch wir im arabischen Raum haben verschiedene Regionen, müssen Sie wissen. Und auch bei uns wechseln die Menschen mit ihren Dialekten genauso wie bei Ihnen zuhause die Hosen. Aber zum Zwecke des besseren Regionalmarketings haben sich die

Tourismusminister verschiedener arabischer Länder vor Kurzem zusammengefunden und eine Einheitstradition formuliert, die in Sachen Kleidung folgendes vorsieht: Auf dem Kopf trug Gerard einen roten Fez mit schwarzer Quaste. Den Oberkörper bedeckte ein weites Leinenhemd, das zwar eher in die Zeit der mitteleuropäischen Renaissance gepasst hätte, aber ein Sorbonne-Absolvent unter den Tourismusministern arabischer Länder hatte gemeint, es verpasse den Einheimischen den gewissen „Casanova"-Look, der sich nur positiv auf die Inhalte der einheimischen Brieftaschen auswirken könne. Allerdings hatte der Sorbonne-Absolvent übersehen, dass Casanova nie einen Fez getragen hatte.

Das hätte ja auch zu albern ausgesehen. Über dem wallenden Latin-Lover Hemd trug Gerard eine burgundrote Weste mit aufgestickten goldenen Halbmonden. Die Beine waren mit weit ausladenden Pluderhosen bekleidet und die Füße steckten in Schnabelschuhen. Gerard sah also in etwa so arabisch aus wie Friedrich der Große. Trotzdem verfehlte der Auftritt des engagierten Trinkgeldjägers seine Wirkung nicht. Als weiteren Teil seiner Offensive hatte er nämlich einen neuen Drink kreiert. Der „Straight Arab" war aus verschiedenen Alkoholika zusammen-

gerührt. Die grelle Farbe kam durch die farbstoff-
reichen Säfte. Ein Schild an Gerards Bar versprach
philosophische Erlebnisse beim Kauf eines solchen
Drinks. Und in der Tat saßen bereits einige sehr phi-
losophisch dreinblickende Damen und Herren an der
Bar und füllten Gerards Pluderhosen mit Trinkgeld.

Es war Zeit zum Abendessen, als Tiffany mit ihrer
Lebensgeschichte fertig war und ihren Blick zum
ersten Mal seit Stunden von Ahmed losriss. Etwas
verwundert bemerkte sie, dass rundherum an den
Tischen die üblichen westlichen Herren und Damen
zusammen mit völlig unüblichen arabischen Herren
und Damen saßen und sich um Konversation be-
mühten. Die arabischen Herren und Damen posier-
ten ausnahmslos mit dem Blick in weiter Ferne und
versuchten, möglichst tiefgehend auszusehen.

„Ts!" sagte Tiffany. „Sieh Dir das an, Phil! Lauter
Imitate. Wahrscheinlich lauter betrunkene Subjekte."

Ein Herr vom Nebentisch hörte das und ließ sein
leichtbekleidetes „Subjekt" für einen Moment los.

„Wunderbare Menschen in diesem Land, nicht
wahr?" sagte er und fügte mit einem herausfordernden
Grinsen hinzu: „Alles Originale!"

Tiffany schnaubte. „Von wegen Originale! Der

Einzige, der hier eine tiefere transzendente Ebene betreten hat, ist mein Phil!"

„Ihr Phil?" schaltete sich nun eine bereits leidlich betrunkene ältere Dame ein.

„Wissen Sie, mein Ishmallah sagt, Ihr Phil hat weniger transzendente Ebenen als ein Schichtkuchen!" Ishmallah war ein kleiner dicker Aushilfskellner. Im wirklichen Leben hieß er Hans-Jörg und kam aus Ostwestfalen. Er verfluchte sich gerade für seinen Ferienjob. Er hatte wirklich seltenes Pech beim Zettel-aus-dem-Hut-ziehen gehabt.

„Null! Transzendenz! Schichtkuchen!" rief er.
Die ältere Dame schob ihm triumphierend einige Scheine zu.

„Change!" rief Ahmed da plötzlich sehr laut und die anderen „Straight Arabs" um ihn herum zuckten derart zusammen, dass alle Transzendenz beim Teufel war. Wütend fuhr die ältere Dame zu „Ishmallah" herum, der hinterrücks vom Stuhl gefallen war.

Tiffany blitzte triumphierend und brach in lautes Gelächter aus. Sie fühlte sich beinahe wie eine Priesterin, als sie verkündete: „Sieh, wie die falschen Propheten wanken! Für sie wird sich keiner vom Fernsehen interessieren!"

FERNSEHEN

Früher wollten kleine Kinder mit Vorliebe Polizisten, Feuerwehrleute oder Lokführer werden. Berufsgruppen mit Verantwortung und Autorität. Heutzutage liegen die meisten Berufswünsche eher in der Unterhaltungsindustrie.

Daraus könnte man schließen, dass sich die Autoritätsverhältnisse verlagert haben. Und in der Tat wäre es unfair, dieser Schlussfolgerung nicht zu folgen. Denn sonst würden all die kleinen Kinder, die sich heute mit der Herstellung von massenwirksamen Medien beschäftigen, laut zu weinen anfangen. Außerdem ist die Autorität der Medienmacher der von Polizisten sehr ähnlich. Man hat sich in der Gesellschaft nämlich einfach geeinigt, dass die jeweilige Berufsgruppe auf ihrem Gebiet die absolute Koryphäe ist: Die Polizisten auf dem Gebiet der Verbrechensbekämpfung und die Medienmacher auf allen anderen Gebieten. Manchmal denke ich, der einzige Grund, warum wenigstens noch ein paar Kinder Polizisten werden wollen ist der, dass Polizisten Waffen tragen dürfen.

Und das, obwohl Information die weitaus gefährlichere Waffe ist. Und verantwortungslose Journalisten können mit den falschen Informationen mehr Menschen töten als jeder Terrorist. Zum Glück wissen das die sadistischeren unter den Kindern nicht. Dieses Wissen haben nicht einmal die meisten Erwachsenen.

„Hier rüber mit der Tonangel, Bert!" schrie Letitia über den menschenleeren Poolbereich des Ferienressorts. Es war sieben Uhr früh und sie scheuchte bereits seit zwei Stunden ein übermüdetes Filmteam durch das „Paradise Beach"-Ressort.

„Die blaue Stunde", hatte sie gesagt, „eignet sich am besten für epochale Bilder." Die „blaue Stunde" ist die Stunde vor Sonnenaufgang und die Stunde nach Sonnenuntergang. Und da der von Letitia geplante Beitrag bereits am Abend in mehreren europäischen Fernsehstationen gesendet werden sollte, war frühes Aufstehen angesagt gewesen. Die Beschimpfungen verkaterter Touristen hatte Letitia kaltlächelnd hingenommen. Sie hatte die Drehgenehmigung für den Vormittag und sie wusste, dass die in ihrer Nachtruhe Gestörten am Abend gebannt vor dem Fernseher sitzen und genau beobachten würden, ob sie sich irgendwo im Hintergrund entdecken würden. Und wenn dann für eine zehntel Sekunde eine verschwommene drohend geschwungene Faust auf einem Balkon zu sehen sein würde, würde aus dutzenden Kehlen der Ruf erklingen: „Schau Schatz, ich bin im Fernsehen!"

Letitias einzige Sorge war, ob sie diesen Phil rechtzeitig aus der Reserve locken konnte. Sie vermutete Zickereien von dieser Senatorentochter und sie vermutete richtig.

Tiffany stand in ihrem Hotelzimmer und schaute grimmig aus dem Fenster. Seit einigen Minuten ignorierte sie das penetrante Pochen an der Tür und kontrollierte ab und zu die Silikonstopfen, die sie Ahmed in die Ohren gesteckt hatte. Sie fühlte sich wie belagert und irgendwie schuldig. Sie widersetzte sich einer Autorität und das gibt einem meistens ein ungutes Gefühl, egal ob man im Recht ist oder nicht.

Je länger sie das Treiben des Fernsehteams am Pool beobachtete, desto bewusster wurde ihr aber, dass sie den Bericht wohl nicht verhindern können würde. Und tatsächlich sprang Ahmed ziemlich genau in der Mitte der blauen Stunde plötzlich auf und begann wieder damit, gegen die Wand zu laufen. Das wiederum hörte der an die Tür wummernde Produktionsassistent und er begann laut zu jammern, zu rufen und zu überreden. Schließlich riss Tiffany die

Zimmertür auf und schrie den Produktionsassistenten an.

„Wo ist das Geld? Hunderttausend Dollar waren
ausgemacht!"

Der Assistent sprang kurz überrascht zurück, doch
dann zückte er reflexartig einen Scheck, trug die ge-
wünschte Summe darauf ein und gab ihn wortlos
Tiffany. Ohne es zu wollen, überrumpelte er sie damit
komplett. Eigentlich hatte Tiffany den Produktionsassistenten mit dieser völlig überzogenen Forderung
einschüchtern und zur Aufgabe zwingen wollen. Sie
hatte allerdings nicht bedacht, dass es sich ja nicht
um das Geld des Produktionsassistenten handelte,
sondern, dass dieser im Gegenteil dafür bezahlt
wurde, das Geld anderer Leute auszugeben. Ahmed
hatte derweil durch eine Zimmerlampe einen Links-
drall erhalten und lief zielstrebig durch die Tür in
Richtung Treppe zum Erdgeschoss. Tiffany verstaute
schnell den Scheck und beeilte sich dann, Ahmed zu
folgen. Tiffany beeilte sich, so gut sie konnte, aber die
Maskenbildnerin erwischte Ahmed noch vor ihr. Sie
stürzte sich mit einem großen Schminkkoffer auf
Ahmed und bestäubte ihn mit Make-Up und Puder.
Der Puder kitzelte Ahmed lästig in der Nase und
er wollte niesen, brachte aber nur ein sich ständig

wiederholendes „Gold! Gold! Gold!" zustande. So lief er nach draußen in den Poolbereich. Dort wartete bereits die Kameracrew auf ihn. Letitia rief sofort geistesgegenwärtig „Was für eine Performance!" und befahl ihrer Drehtruppe, einfach „draufzuhalten", egal, was auch passieren mochte – und es passierte noch viel. Letitia war begeistert und beschloss, einfach nur zu kommentieren, was sie sah.

Zuerst trat Ahmed im Laufschritt gegen einen Sonnenschirm, woraufhin dieser in den Swimming-Pool kippte.

„Krise!" schrie er.

Letitia führte das Mikrofon an ihren Mund und begann, im überzeugenden Fernsehton zu kommentieren: „Er tauchte aus dem Nichts auf. Niemand weiß, wo er herkam und doch: Binnen weniger Stunden ist klar geworden, dass dieser Mann die Antwort auf alle unsere Gebete ist."

Letitia hatte seitdem sie sieben war nicht mehr gebetet, aber irgendwelche religiösen Menschen, so dachte sie, sollten sich gemäß den Meinungsumfragen schon unter ihrer Zuschauerschaft befinden. Die Kamera zoomte nun auf Ahmeds Gesicht. Das war ein Akt der Gnade von Seiten des Kameramanns.

Denn der arme Ahmed hatte sich gerade in einen Liegestuhl verheddert hatte und sah nicht sehr prophetenmäßig aus „Change!" rief er polternd.

„Er nennt sich Phil." fuhr Letitia fort. „Seine Erscheinung ist gerade und edel. Sein Name: eine Referenz auf das Gold, das in unseren Herzen brennt: Die Liebe. Oder „Philia", wie die alten Griechen sie nannten. Phil – der Bote der Philia."

Tiffanys Philosophieprofessor hätte Letitia in diesem Moment sicher gerne geohrfeigt.

Ahmed ruckte nun wieder heftiger, befreite sich aus den Liegestühlen und zwang die Kamera, ihre Nahaufnahme aufzugeben. Sie fuhr stattdessen fort, ihn dabei zu filmen, wie er einige Blumentöpfe mit Zwergpalmen in den Swimming-Pool beförderte.

„Change!-Krise!!" stieß er wieder hervor.

Einige Produktionsassistenten hinderten Tiffany daran, ins Bild zu laufen.

„Seit Stunden bereits läuft er um den Swimming-Pool. Um dieses Herz der Dekadenz. Und dabei wirft er den umherstehenden Tand mit der Vollmacht seines göttlichen Herzens hinein." dichtete Letitia weiter. Noch gestern hatte sie mit Freude im „Herz der Dekadenz" gebadet und die geschmackvolle Gestaltung des „umherstehenden Tands" gelobt. Aber gestern war gestern und jetzt war Berichterstattung.

„Krise!" rief Ahmed und blieb in einer besonders hartnäckigen Palme hängen. Letitia legte noch mehr Emotion in die Stimme.

„Er ruft das Scheitern der Luftblasenwirtschaft aus und zeigt uns den geraden Weg hin zum Glück und zum Wohlstand."

Ahmed befreite sich wieder aus der Pflanze und lief geradewegs auf eine der Wände zu.

„Er zeigt uns den Weg, den unsere Gesellschaft geht und zögert nicht, uns auch die schrecklichen Konsequenzen unseres Handelns vor Augen zu führen."

Mit einem lauten Klatschen prallte Ahmed gegen die Wand, drehte sich durch die Wucht des Aufpralls etwas und lief nun genau auf einen der Kameramänner zu. Dieser entschied sich daraufhin für eine typische Kameramänner-Taktik. Eine Taktik, die einst Heinz Sielmann für das Filmen von Nashörnern entwickelt hatte: So schnell rückwärts laufen wie es möglich ist und dabei möglichst nahe auf die Augen des Nashorns hinzoomen. Die Augen Ahmeds waren wie immer tiefschwarz, weit in die Ferne gerichtet und schienen den Zuschauer aufsaugen zu wollen. Letitias Stimme wurde brüchig.

„Er schaut uns an, er fleht, er zeigt den Weg. Voll Entschlossenheit, voll Liebe. Die Weisheit heißt Phil. Einen ausführlichen Bericht über den faszinierenden Propheten sehen Sie noch diese Woche – und nur auf diesem Kanal."

Schnitt.

Letitia war begeistert. Dieses Meisterwerk würden ihr die sommerlochgeplagten Fernsehstationen Europas aus den Händen reißen.

Nachdem die Dreharbeiten zu Ende waren, ließen die Produktionsassistenten Tiffany wieder frei und sie bemühte sich, Ahmed wieder in ruhigere Bahnen zu lenken. Sie verfrachtete ihn erst mal an die Bar. Tiffany hatte gleich nach den Aufregungen des Morgens telefoniert und erreicht, dass das Fernsehteam aus Deutschland noch diesen Abend zum Dreh anreisen würde. Der Tag verrann in Sonne und Neid. Die Angestellten des Ressorts hatten natürlich mitbekommen, dass ein Fernsehteam im Lande gewesen war und einen Film über die neue Trinkgeld-Masche gemacht hatte. Und der Einzige, der es geschafft hatte, für ein paar Sekunden ins Bild zu kommen, war der Pool-Boy gewesen. Der gab damit jetzt an wie eine Tüte Mücken und hatte von Gerard schon mehrere Ohrfeigen angedroht bekommen. Die Angestellten des Ferienressorts setzten nun all ihre Hoffnung auf den Dreh am Abend. An einer anderen Ecke der Stadt saß Letitia im Schnittraum und bereitete den nächsten Akt in dieser Komödie vor.

Das andere Fernsehteam am Abend machte es nicht viel anders als das am Morgen, außer dass Tiffany diesmal von keinem zurückgehalten werden musste. Immer wieder wies sie die gesichtslosen Menschen vom Team auf gutes Licht und bessere Untermalungsmöglichkeiten für Ahmeds Augen hin. Es wurde dann aber trotzdem ein relativ guter Beitrag. Vor allem Gerard und sein Trinkgeld-Team stellten eine wirkliche Bereicherung dar. Gerard hatte es so eingerichtet, dass er sich zusammen mit seinen Leuten in jeder Szene direkt hinter Ahmed aufstellte und ihn nachahmte. Jedes Mal, wenn Ahmed den Arm hob, hoben dreißig Angestellte des Ressorts ebenfalls den Arm. Und selbst wenn nicht alle so stur und gezielt nach vorne starrten wie Ahmed, gab es doch ein hübsch gleichgeschaltetes Bild.

So ähnlich wie ein Michael Jackson-Video. Der Leiter des Fernsehteams kommentierte die Szenerie später so: „Wo er herkam, weiß man nicht, doch was er für ein Mensch ist, stellte sich schon nach wenigen

Stunden heraus. Dieser Mann kam aus dem Nichts und nach wenigen Stunden hat er unzählige Jünger um sich gesammelt, denen sein Lebensstil Inspiration und spirituelle Öffnung ist. In diesem Sommer, ein Sommer, der in so Vielen eine Leere hinterlässt, zeigt er einen neuen Weg auf. Einen Weg zum Glück."

Und während der Mann also im Schnittraum das übliche nichtssagende Fernsehgebrabbel absonderte, flimmerte der von Letitia am Morgen gefilmte erste Auftritt Ahmeds bereits über tausende Fernsehbildschirme in ganz Europa. Die normalen Menschen taten den Bericht mit dem üblichen „so ein Schwachsinn" ab.

Leute mit weniger gesundem Menschenverstand wurden dagegen hellhörig und rannten an die Telefone. Nur wenige Minuten nach der Ausstrahlung des Films liefen Pressestellen und Fernsehjournalisten Sturm auf das Ferienressort.

AUDIENZEN

Menschen sehen gerne zu Jemandem auf. Das ganze System des Königtums baut allein auf dieser Tatsache auf. Die Menschen haben ein ungutes Gefühl, wenn nichts mehr zwischen ihnen und Gott steht. Im Grunde ähneln Völker mit Königen Kindern, die das dickste und dümmste Kind voraus in den dunklen Wald schicken. Kinder tun das in der Hoffnung, dass die Hexe des Waldes eben nur dieses eine Kind frisst – das heißt, falls in dem dunklen Wald eine Hexe wohnt. Aber bekanntlich wohnen in den meisten Wäldern mit Kindern in der Nähe Hexen (Hexen leben von Kinderfantasie, darum gibt es in Großstädten auch so wenige). Könige sind dazu da, um sich hinter ihnen zu verstecken. Kein Mensch braucht Könige als Vorbild. Die Kinder in meinem Beispiel sagen ja auch nicht: „Ui, ist der dicke Moppel mutig! Wie gerne wären wir wie er!" Na gut, vielleicht gibt es ein paar nette Mädchen, die das denken. Aber die fiesen Jungs denken: „Zum Glück gibt's den Moppel, dann gibt's uns schon nicht zum Hexenfrühstück". Was danach passiert, ist aber auch ganz klar: Der Moppel kommt grinsend aus dem Wald zurück, ist von diesem Moment an von den fiesen Jungs akzeptiert, wird von den netten Mädchen angehimmelt und avanciert irgendwann zum Bürgermeister im waldnächsten Ort. Ja ja, genau so ist das mit Königen und mit Menschen, zu denen wir aufblicken: Wir brauchen sie, um uns hinter ihnen zu verstecken.

Und wenn es so oder so ähnlich ist, dann wollten sich an jenem Tag nach dem großen Dreh eine ganze Menge Leute hinter Ahmed verstecken. Zunächst war da der Bürgermeister der Stadt, in deren Nähe sich das Ferienressort befand. Er erwischte Ahmed gerade beim Frühstück im Speisesaal des Hotels. Seit seiner Ankunft vor ein paar Tagen hatte Tiffany Ahmed immer gefüttert. Tiffany hatte sich viel Mühe gegeben, ein möglichst ausgewogenes Prophetenfrühstück zusammenzustellen. Dass Ahmed niemals Fleisch essen würde, davon war sie völlig überzeugt. Und als beeindruckte Gefolgsfrau hielt sie sich selbst natürlich auch an die Diät. Daher traf der Bürgermeister eine Bananenbrei mümmelnde Amerikanerin und einen mit trockenen Haferflocken kämpfenden Propheten im viktorianisch ausgestatteten Speisesaal an. Der Bürgermeister baute sich vor Ahmed auf und richtete das Wort an ihn.

„Ich grüße Euch, Eure Heiligkeit", sagte er.

Ahmed starrte auf den Bauch des Bürgermeisters, beziehungsweise direkt durch ihn hindurch.

„Nun", sagte der Bürgermeister und kam gleich zur Sache. „Sagen Sie, was halten Sie vom neuen Klärwerk, das im Industriegebiet gebaut werden soll?"

Sie werden jetzt vielleicht denken, das sei nicht die beste Frage, die man einem Propheten stellen kann, aber diese Frage beschäftigte den Bürgermeister schon seit Tagen und hielt ihn mehr auf Trab als alles andere in seiner Karriere.

Verdammte Umweltauflagen! Verfluchte Opposition! Und das Problem war so komplex – er brauchte unbedingt endlich eine einfache Antwort auf seine Fragen. Nun ja, mal ehrlich – wer hätte das nicht gerne?

Ahmed schaute weiter durch ihn hindurch. Sekundenlang. Minutenlang. Nach etwa sieben Minuten wurde die Stille langsam peinlich. Tiffany räusperte sich und lächelte den Bürgermeister aufmunternd an. Gerade wollte sie etwas Entschuldigendes sagen, als Ahmed plötzlich aufsprang und dabei den Tisch umwarf. Die Angestellten des Ressorts, die die ganze Zeit reglos hinter Ahmed gestanden hatten, sprangen ebenfalls erschreckt zurück. Einer von ihnen war so erschrocken, dass er eines der drei Wörter sagte, die er seit Tagen in der Gegend herumschleuderte.

„Aufstand!" schrie er.

„Gold, Krise!" schrie Ahmed.

„Ja!" sagte Tiffany und hielt Ahmed fest, als er auf den Bürgermeister zulaufen wollte.

Der Bürgermeister selber war während der Szene plötzlich erstarrt. Die beiden Worte hatten in seinem Kopf eine Assoziationskette ausgelöst, die ihm auf einmal eine Lösung des Problems mit der Kläranlage aufzeigte.

Es war nämlich so gewesen, dass der Sohn des Bürgermeisters den Bürgermeister an jenem Morgen sehr geärgert hatte. Der Sohn des Bürgermeisters ist einer jener Menschen, die einen Mercedes fahren und dabei ein Che Guevara T-Shirt tragen. Wem diese Charakterisierung zu unscharf ist, der schlage seinen Laptop auf und schaue unter „Mercedesfahrer/Che Guevara T-Shirt tragende" nach. An jenem Morgen hatten der Bürgermeister und sein Sohn einen Disput über die Zubereitung des Frühstücksorangensaftes gehabt. Während der Bürgermeister höflich frisch gepressten Saft verlangt hatte, krähte sein Sprössling ständig nach gezuckerten Trendgetränken mit biologisch abbaubaren Konservierungsstoffen. Nachdem die Trendgetränke sich nicht zeigten, dafür aber von der fürsorglichen Frau des Bürgermeisters eine frischgepresste Kanne Orangensaft herbeigebracht worden war, drohte der Sohn des Bürgermeisters mit Verweis auf sein Revolutionsführer-T-Shirt mit Revolution. Da war der Geduldsfaden des Bürgermeisters gerissen und eine ordentliche Ohrfeige auf den Weg geschickt worden. Das Wort „Aufstand" hatte dem Bürgermeister diese Szene wieder ins Gedächtnis gerufen. Und bei „Gold" und „Krise" musste er einfach nur an diese halbseidenen PR-Menschen der großen westlichen Firmen denken, die ihm – wie er wusste – viel zu hohe Grenzwerte für die Abwasserreinigung vorgaben und ihn dafür mit einer hohen lebenslangen Rente lockten.

Ein bisschen mehr Schmutz im Meer gegen ein sorgloses Leben. Das war der wahre Konflikt des Bürgermeisters gewesen und dank Ahmed und dessen Jünger war die Antwort ganz klar: Eine schallende Ohrfeige für die PR-Menschen.

Als der Bürgermeister das Ferienressort mit nachdenklicher Miene und ausgeprägten Ohrfeigenfantasien verließ, kamen ihm bereits einige weitere Würdenträger entgegen, die den neuen Propheten um Rat fragen wollten. Da war zum Beispiel ein Ölscheich, der Ahmed fragte, ob er einen Teil seiner Quellen anzünden solle um den Ölpreis zu drücken, oder ob er das besser lassen sollte. Ahmed gab ihm ein eindeutiges „Krise, Gold" zur Antwort, also brannte weniger später irgendwo auf der arabischen Halbinsel die Wüste. Unglücklicherweise war „Gold" auch noch der Name eines Rennpferdes, auf das einer der Begleiter des Scheichs am Abend setzte und dabei Haus und Hof verlor. Ich erwähne das nur, um klarzustellen, dass Ahmed in seiner Umnachtung nicht nur Gutes bewirkt hat. Aber welche Propheten haben das schon in der Geschichte der Menschheit? Und dabei sollte man schon berücksichtigen, dass Propheten ja in der Regel erleuchtet und nicht umnachtet sein sollten.

Ahmed wurde auch noch von einem Rockstar besucht. Dieser Besuch war nicht allzu spektakulär, aber er sorgte dafür, dass man Ahmed nun auch in der breiten Masse als Ratgeber akzeptierte. Politiker, das weiß der einfache Mann, reden schließlich mit jedem. Aber Stars aus der Unterhaltungsindustrie reden nur mit ihren Fans. Oder mit ausgesuchten Starreportern und Halbgöttern. Sie sind die religiösen Führer einer nichtreligiösen Gesellschaft. Die Audienzgesuche an Ahmed erreichten deshalb in den Tagen darauf solche Ausmaße, dass Tiffany sich als Ahmeds Managerin wohl oder übel etwas einfallen lassen musste.

Als gerade wieder eine Busladung Europaparlamentarier vor dem Ferienresort angekommen war, kam sie auf die Idee, einige der besten Ahmed-Nachahmer als Ahmed zu verkleiden und in verschiedenen Hotelzimmern Audienzen zu organisieren. Unnötig zu sagen, dass nun Gerards Stunde gekommen war. Kaum hatte Tiffany ihren Vorschlag gemacht, als Gerard schon mit einen ausgetüftelten Stundenplan- und Raumbelegungskonzept auftrumpfte. Er hatte auch einen Fragebogen für die Audienz-Antragssteller erarbeitet, in denen sie ihre Wünsche und Träume offenlegen sollten. Politiker von Linksparteien, die in ihren Träumen gerne mal auf einem Einhorn reiten würden, bekamen eher kleine, zierliche Ahmeds vorgesetzt, deren drei Wörter vor Liebe und Harmonie trieften. Eher dem rechten Lager zuzurechnende Honoratioren wurden extrem bärtige und muskulöse Ahmeds vorgesetzt, die sie mit harten drei Worten anbrüllten. Allein Männer und Frauen der Mitte bekamen den wahren Ahmed vorgesetzt und erfuhren Erleuchtung durch Krise, Gold und Change. Sie waren im Übrigen auch die Einzigen, die kein Vermögen für die Audienz bezahlen mussten. Über mehrere Tage hinweg rollte so eine Audienzen-Welle nach der anderen durch das Ferienresort.

In dieser Zeit drehte der Regisseur – wie Fachkreise bewundernd raunend betonten – in nur zwei Tagen einen abendfüllenden Dokumentarfilm über Ahmed. Man könnte natürlich auch sagen, dass der Regisseur zwei Tage damit verbrachte, Bier zu trinken und eine knappe Hundertschaft schlecht bezahlter Helfer durch die Wüste zu jagen, um Ahmed mal vor dieser und dann wieder vor jener Düne in Morgen-, Vormittags-, Mittags-, Nachmittags- und Abendlicht zu filmen. Aber der Regisseur hatte Erfolg. Wie immer. Und täglich wurden neue Fernsehteams aus dem Boden gestampft, die neue, interessante Aspekte am Wesen des neuen Propheten hervorkehrten. So fand ein findiges belgisches Filmteam heraus, dass Ahmeds rechter Zeh stark nach außen gedehnt ist. Durch aufwendige Archivrecherche fanden die Belgier heraus, dass dies auf eine sehr seltene Erbkrankheit zurückzuführen sei, an der in der Geschichte nur sehr wenige Persönlichkeit gelitten hätten. Unter anderem die Königin von Saba. Kurz nach dieser Entdeckung und dem dazugehörenden Fernsehbeitrag war ganz Belgien davon überzeugt, der König von Saba sei wiedererstanden und werde bald die Krise des Euro zu meistern helfen.

AHMEDS EXEGETEN

Das belgische Fernsehteam hatte mit seinen Enthüllungen eine neue Dimension der Ahmed-Berichterstattung eingeläutet. Die Zeit der hochauflösenden Teleobjektive war gekommen. Das Ziel der Kamerateams war nun nicht mehr das einfache Kommentieren von Ahmeds Handlungen. Ziel war es von nun an, neue Aspekte an diesem Phänomen zu entdecken. Aspekte, die allen anderen bisher entgangen waren und die nur journalistische Sorgfalt aufdecken konnte.

Irgendwo im Hinterzimmer eines europäischen Studentenwohnheims, an dessen Wänden grausige Poster hingen, surrte in dieser Phase der Videorekorder eines namenlosen Psychologiedoktoranden. Er bereitete gerade seine Dissertation vor.

Titel:
„Die Interpretation menschlicher Visionen in der Annahme transzendenter Bedeutungen."

Auf gut deutsch bedeutete das: Er hatte keine Ahnung, worüber um alles in der Welt er schreiben sollte.

Er hatte sich einen möglichst kompliziert klingenden Titel für seine Arbeit ausgesucht und hoffte, seinem Doktorvater unter diesem Titel so ziemlich alles verkaufen zu können. Um auf irgendeine Idee zu kommen, hatte der Doktorand angefangen, alles aufzuzeichnen, was im Fernsehen lief. Er hoffte, vielleicht würde die Arbeit durch die pure Menge an Rohmaterial von selber wachsen. Sie wuchs nicht. Das machte ihm Sorgen. Besorgt saß der Doktorand auf seinem Studentensofa und starrte auf die Mattscheibe. Er sah desinteressiert einem Beitrag über diesen neuen Propheten zu.

Er beobachtete Ahmed, wie dieser geradeaus starrte, wie er den linken Arm etwas hob, zwinkerte und dann „Krise!" brüllte.

Er sah ihm zu, wie er anschließend wieder geradeaus starrte, dann den rechten Arm etwas hob, ihn wieder senkte und „Gold!" rief. Der Doktorand stutzte.

„Ein Code!" flüsterte er.

Er nahm einen Block in die Hand und notierte sich jede Bewegung Ahmeds. Das würde eine lange Nacht werden – er musste sämtliche Berichte über diesen Propheten fein säuberlich analysieren, um hinter den Code zu kommen. Das würde ihm die Doktorwürde und eine Menge Ruhm einbringen sollte.

Vor Aufregung fiebernd holte er sich ein Bier aus dem Kühlschrank. „Als Inspiration", dachte er sich.

Einige Wochen später hatte die „1st Secretary of the Prophet", wie sich Tiffany seit einiger Zeit nennen ließ, einen Termin in der Suite einer bekannten europäischen Adeligen, die ihrerseits eine Audienz bei Ahmed wünschte. Als Tiffany die Suite der Adeligen betrat, traf sie diese mit einem Buch am Frisiertisch sitzend an. Tiffany räusperte sich.

„Guten Morgen, Eure Hoheit!" sagte sie. Die Adelige hob den Kopf. Irgendein letzter Rest von Anstand in Tiffanys Hinterkopf fühlte sich ein bisschen unwohl, aber der Rest fragte mit einem angedeuteten Lächeln: „Was lesen Sie da denn Schönes?" Die Adelige lächelte ebenso angedeutet zurück. „Ach, dieses Buch ist eben frisch erschienen. Eine interessante Abhandlung über die wahren Botschaften des Propheten – geschrieben von einer weltbekannten Koryphäe auf dem Gebiet der Körpersprache." Der Autor war der Doktorand, nun in den Rang eines Professor Doktor Doktor aufgestiegen.

Tiffany hob zweifelnd die linke Augenbraue und fixierte das Buch des Doktoranden.

„Was Sie nicht sagen. Was schreibt er denn?" fragte sie die Adelige.

„Oh, er hat das System geknackt", sagte diese. Tiffany schaute verblüfft.

„Welches System?" fragte sie. Das kalte Lächeln der Adeligen wurde breiter.

„Sie wissen anscheinend nicht so viel über Ihren Klienten wie Sie denken", sagte sie. Sie bemerkte die aufkommende Unsicherheit bei Tiffany und fuhr fort:

„Rein wissenschaftlich betrachtet ist jede Bewegung Ihres Phil eine direkte Weitergabe transzendenter Botschaften, die in allen Lebensbereichen viel kompetenter Auskunft geben als das, was er augenscheinlich sagt." Tiffany war verwirrt. Genauer gesagt hatte sie kein Wort verstanden und hätte den Satz gerne noch mal schriftlich gehabt.

„Was?" fragte sie. Die Adlige stand auf und wedelte ihr mit dem Buch vor der Nase herum.

„Das heißt, Liebes, dass jede seiner Bewegungen eine ganz eigene Bedeutung hat. So ähnlich wie die Prophezeiungen des Nostradamus."

Tiffany runzelte die Stirn, als sie an die Dutzenden Bücher dachte, die sie bereits über Nostradamus gelesen hatte. Alle Deutungen in diesen Büchern waren hieb- und stichfest gewesen. Aber alle Deutungen in diesen Büchern waren ebenso falsch gewesen.

Die Adelige fuhr fort: „Der Professor hat Tabellen aufgestellt, in denen er jede mögliche Bewegung des Propheten aufgezeichnet hat und damit hat er jedem Laien die Deutung der Offenbarungen des Propheten erschlossen."

Tiffany hatte das Buch entgegengenommen und blätterte fahrig darin herum. Sie entschloss sich, das Thema zu wechseln und der Adeligen die Bedingungen zu erklären, unter denen sie eine Audienz mit Ahmed bekommen konnte.

„Es ist im Grunde ganz einfach", sagte sie, wie sie es schon oft erklärt hatte.

„Phil neigt in Phasen besonderer Wahrheit zu besonders geradlinigem Verhalten. Wir übernehmen also keine Verantwortung für Ihre körperliche Unversehrtheit."

Die Adlige nickte und Tiffany fuhr fort, während sie das Kapitel über die Bedeutung der gelegentlichen Zuckungen rund um Ahmeds Adamsapfel überflog, dem der Autor ganze sieben Seiten gewidmet hatte:

„Hingegen sind Sie sehr wohl verantwortlich für Phils körperliche Unversehrtheit."

Tiffany erwähnte das aus gutem Grund. Ein etwas cholerischer Russe hätte Ahmed während einer Audienz beinahe erwürgt, nachdem ihm dieser beim ruckartigen Aufstehen die Gonaden mit seinem Knie gequetscht hatte. Die Adlige nickte wieder und so legte Tiffany das Buch für kurze Zeit zur Seite, um ihr den Audienzvertrag zur Unterzeichnung vorzulegen. Die Adlige unterzeichnete und so machten sich die beiden Frauen auf den Weg zu Ahmed.

Die Deutung Ahmeds war nach dem Buch des Professors denkbar einfach. Man musste einfach nur alle Bewegungen, die Ahmed machte, gleichzeitig wahrnehmen und in ihrer korrekten Reihenfolge niederschreiben. Die Adelige gab sich alle Mühe, aber ohne ihre mitgebrachte digitale Videokamera hätte sie wohl nie eine einigermaßen wissenschaftliche Deutung von Ahmeds Zuckungen zustande gebracht. Allein in den ersten dreißig Sekunden ihrer Audienzzeit hatte sie bereits einen DIN A 4 Block mit Deutbarem vollgekritzelt.

Die große Frage, die sie zur Zeit quälte, war, ob sie sich die Nase liften lassen sollte oder nicht. Bereits in den ersten Minuten der Audienz war ihr Dilemma eher noch verstärkt worden. Die Zuckungen von Ahmeds Schlüsselbein rieten ihr zwar zu einem Lifting, doch die leicht gehobene linke Augenbraue Ahmeds machte diesen Rat wieder zunichte.

Komplett perplex war die Adelige allerdings, als

ihr Ahmeds Kniebewegungen in Kombination mit einer leichten Rötung seiner Ohren verrieten, dass sie bald ein Kind gebären würde. Nachdem die halbe Stunde um war, verließ eine sehr nachdenkliche und verwirrte Adelige Ahmeds Audienzzimmer. Nun sind zum Glück nicht alle Fragen dieser Welt so wichtig wie das Aussehen der Nase einer europäischen Adeligen.

Eine Exkursion von sieben Wirtschaftswissenschaftlern der Universität Oxford fand sich beispielsweise tags darauf in Ahmeds Suite ein. Die Wirtschaftswissenschaftler hatten ihre Fotohandys im Anschlag und filmten Ahmeds Bewegungen während der Audienz aus verschiedenen Blickrichtungen. Durch eine Konferenzschaltung über Bluetooth war es jedem möglich, die Filme seiner Kollegen gleichzeitig mit seinem eigenen Film auf dem Handydisplay zu sehen. Zu erkennen war dabei natürlich nichts mehr, aber das machte nichts. Die sieben Wirtschaftswissenschaftler waren ohnehin viel zu beschäftigt damit, sich über die faszinierende Technik der Konferenzschaltung zu unterhalten.

Anschauen konnte man sich das Ganze schließlich später im Konferenzraum. Zu sehen war auf den Videos dasselbe, was alle Audienzgäste sahen: Tiffany stand lächelnd neben Ahmed, der in einem großen Korbsessel thronte und in die Ferne starrte.

Leider vergaßen die Herren vor lauter Technikbegeisterung auch, Fragen an Ahmed zu stellen und so mussten sie später bei der Deutung improvisieren. Die sieben Videos zeigten einen auffallend starren Ahmed. Nichts sagte er, keine Bewegung war auszumachen.

Die sieben Wirtschaftswissenschaftler waren einige Minuten lang erstaunt über diese Ruhe auf dem Film.

Dann kam einer von ihnen auf die Idee, auf „play" zu drücken. Danach bewegte sich Ahmed und die sieben Wirtschaftswissenschaftler entwickelten in der Rekordzeit von drei Tagen eine Theorie, die in allen Fachzeitschriften und Zeitungen als „prophetische Revolution" bekannt werden sollte.

Die Theorie basierte darauf, dass Ahmeds Extremitäten nach einem ausgeklügelten System bewegt wurden. Im Gegensatz zur psychologischen Deutung des Professors war es dafür nicht nötig, die Bewegungen Ahmeds chronologisch festzuhalten.

Ahmeds angebliches System basierte auf der Chaos-Theorie und war daher unabhängig von Raum, Zeit und Arbeitskräften. Mit Hilfe eines Computerprogramms namens „random poker" waren „die sieben Wirtschaftsriesen“, wie sie seitdem von den Medien genannt wurden, in der Lage, jede richtige Handlung auf dem weltweiten Handelsparkett vorherzusagen. Allein aufgrund von Ahmeds Zuckungen.

Tiffany saß an der Hotelbar und sah fern. Es kamen gerade Börsennachrichten.

„Google“ hat zugelegt, wie es der rechte Fuß des Propheten vorhergesagt hat. Hingegen haben die Pharmakonzerne allgemein ziemlich verloren, was an dem guten Wetter in den entwickelten Ländern liegen dürfte.

Dem Börsenjournalisten hätte nach diesem Satz ein Nasenring und ein Knochen im Haar gut gestanden. Medizinmänner tragen so was und treffen häufig ähnliche Aussagen.

„Die Wirtschaftslage ist allgemein so mittel.“ sagte der Mann weiter – erneut eine unglaublich präzise Beobachtung. „Aber wir können nach dem gestrigen leichten Anschwellen der Halsschlagader des Propheten davon ausgehen, dass auch bald die Gewinne der Wirtschaft anschwellen könnten.“ Ein höfliches Lachen seiner Kollegin beendete die Ansage des graumelierten Wirtschaftsjournalismuspraktikanten in Anzug und Krawatte.

„Danke John!" sagte die Kollegin und wandte ihr strahlendes Lächeln wieder dem Publikum zu. „Das war die akkurate Vorhersage der wirtschaftlichen Entwicklung der nächsten Woche auf der Basis der Vorhersagen der „Sieben Wirtschaftsriesen". Handeln Sie danach und uns allen blüht eine goldene Zukunft."

Tiffany drehte sich von der begeisterten Dame im Fernseher weg und widmete sich wieder ihrem Orangensaft.

AHMED ERWACHT

Ahmed saß in seinem Hotelzimmer und sah verschwommene Bilder. Irgendetwas war da vor ihm und machte Geräusche. Etwas in Ahmed fühlte sich irgendwie unwohl. Etwas, das sich schon seit langer Zeit nicht mehr geregt hatte. Es wusste, dass Ahmed völlig fehl am Platze war. Dass der Ort, an den er eigentlich hingehörte, viel heißer war und dass es dort auch ganz anders roch. Irgendwie strenger. Irgendwie nach Tier und nicht nach dem herben Parfum des führenden Pressesprechers eines bekannten Petrochemie-Konzerns. Um diesen handelte es sich nämlich bei den verschwommenen Bildern vor ihm.

Der Pressesprecher erklärte Ahmed gerade sein Anliegen.

„...und da haben wir uns gedacht, Sie könnten uns durch Ihre „Prophetien" einen kleinen Vorsprung gegenüber der Konkurrenz verschaffen? Glauben Sie mir – nach einer solchen Prophetie müssten Sie nie wieder etwas vorhersagen!" der Mann mit dem herben Parfum lachte gewinnend.

Ahmed verstand nur Geräuschpegel. Aber er hob die linke Hand und brüllte „Krise!".

Der Pressesprecher blätterte schnell in seinem

Ahmed-Deutungsbuch und fütterte seinen Laptop mit den exakten Körperbewegungen Ahmeds. Gespannt starrte er auf seinen Bildschirm und erbleichte.

„Ihre Konkurrenz war schon da und hat mir das Doppelte geboten" stand da.

„Nein!" rief er. „Das kann nicht sein! Sie können uns nicht zuvorgekommen sein. Und auf keinen Fall können sie mehr geboten haben als wir, diese Notnickel. Reden Sie keinen Unsinn, wir lassen uns nicht erpressen!"

Ahmed spürte zu diesem Zeitpunkt, wie die Vibrations im Raum schlechter wurden. Er antwortete dem Pressesprecher mit einem blitzschnellen Tritt vors Schienbein.

Die PR-Koryphäe schrie auf und fiel auf den Boden, während sein Laptop den Tritt mit „Ich befördere Sie hiermit zum Präsidenten der Vereinigten Staaten" übersetzte. Als nächstes tat Ahmed etwas, was den Pressesprecher zutiefst entsetzte: Er machte einen Schritt zur Seite.

Zum ersten Mal seit über einem Monat. Zum ersten Mal, seitdem er sich vor Monaten unter jenem Felsen zur Ruhe gebettet hatte.

Der Mund des Pressesprechers stand sperrangelweit offen und sein Laptop skandierte in großen roten Buchstaben: „Wirtschaftkrise in Asien! Weltuntergang!"

Ahmed drehte den Kopf leicht nach rechts und der Pressesprecher hörte Ahmeds Halswirbel leise knacken. Sie waren es gar nicht mehr gewohnt, sich zu drehen.

Der Laptop kommentierte diese Bewegung Ahmeds mit: „Schwarzer Freitag! Schwarzer Freitag!"

Das war zu viel für den armen Pressesprecher. Geschockt und voll Horror im Herzen stolperte er rückwärts aus dem Hotelzimmer und rannte davon.

„Hilfe! Lass mich nicht allein!" blinkte es einsam auf dem Bildschirm des Laptops.

Aber keiner war da, der es hätte lesen können. Und so fuhr sich der Laptop ängstlich selbst herunter.

Tiffany sah nur kurz auf, als der sehr aufgelöst wirkende Pressesprecher an der Bar vorbei ins Freie lief. Gerard, der hinter der Bar stand, beobachtete den Mann schon interessierter. Das war nicht der übliche Fall von jugendlicher Paranoia. Und auch für die sich in Studentenkreisen gerne breit machende Sinnkrise war der Pressesprecher zu alt und zu gut rasiert. Gerard winkte einen seiner geknechteten Untergebenen heran und wies ihm die Verantwortung für die Theke zu. Dann verfolgte er den Pressesprecher.

Das tat er manchmal: Gäste trösten. Es war manchmal nervig, aber meistens lohnend. Trinkgeld für Fortgeschrittene sozusagen.

Er holte den Pressesprecher kurz hinter dem Haupteingang des Ferienressorts ein.

„Soll ich Ihnen ein Taxi rufen?" fragte Gerard den keuchenden Mann. Der sah ihn an, als wäre das ein unmoralisches Angebot.

„Das darf es nicht geben!" sagte der Pressesprecher.

„Was darf es nicht geben?" fragte Gerard, doch der Pressesprecher ließ ihn einfach stehen und lief in Richtung Wüste. Gerard wunderte sich.

„Bleiben Sie mir vom Leib!" schrie der Pressesprecher. „Ich hatte genug schlechte Nachrichten für heute!" Ein Taxi näherte sich und Gerard fluchte leise. Das war keiner jener Taxifahrer, von denen er Prozente bekam.

„Oh, kein Problem, ich habe auch einige positive Nachrichten zu bieten", rief Gerard dem Flüchtenden hinterher.

„Gute Nachrichten sind schlechte Nachrichten!" schrie der Pressesprecher, stieg ins Taxi und verschwand in einer Wolke aus Sand und Abgasen.

Gerard sah ihm noch einige Sekunden nach und fragte sich, was der Mann wohl damit gemeint haben könnte.

Im Ferienressort hatten die Kamerateams inzwischen auch schon gemerkt, dass die Story sich weiterentwickelt hatte. Ahmeds Sidestep war einem besonders wachsamen Kameramann mit Teleobjektiv nicht entgangen. Und wenn er das Teleobjektiv vor lauter Schreck nicht fallengelassen hätte, dann hätte die Welt heute die Originalaufnahme des Seitschritts, der den Niedergang einläutete. Doch so hatte der Kameramann nur mündlich vom Unglaublichen berichten können. Nachdem er sich einen ordentlichen Rüffel vom verantwortlichen Reporter eingefangen hatte, war sein ganzes Team in Richtung von Ahmeds Suite gestürmt. Wie ein Sondereinsatzkommando der Polizei näherte sich die Truppe Ahmeds Tür. Der Tonmann hielt sein Mikrofon wie eine Waffe, der Kameramann robbte auf dem Bauch den Gang entlang und filmte den Reporter. Der schlich in einer Pose, die baldigen Granateneinschlag vermuten ließ, den Gang entlang.

Mit gesenkter Stimme sprach der Reporter in Kriegsberichterstatter-Manier ins Mikrofon:

„Hier, wo seit einigen Wochen das Herz der modernen Welt schlägt, geschieht Unglaubliches!" Der Reporter warf einen kurzen Seitenblick auf Ahmeds Tür und sah dann wieder in die Kamera.

„Wirtschaft und Politik haben auf die entschlüsselten Geheimnisse des weisen Phil gehört und uns eine neue Welle des Wohlstands geschenkt."

Er machte eine Pause, um die Worte wirken zu lassen. Mit leicht zitternder Stimme fuhr er dann fort: „Doch nun häufen sich die Anzeichen dafür, dass die positiven Voraussagen des „straight man", des verlässlichen Felsens, ein Ende haben. Experten sprechen bereits vom Zusammenbruch der Welt, wie wir sie heute kennen."

Die Experten waren in dem Fall er selbst, der Kameramann, der Tonmann und vor allem der Praktikant, der normalerweise die reflektierende Folie für besseres Licht hielt. Denn der hatte ihnen besonders blumig die katastrophalen Folgen ihrer Entdeckung geschildert und angeregt, die ganze Angelegenheit doch lieber nicht zu thematisieren, um eine Panik zu vermeiden. Er war vom Reporter niedergebrüllt und entlassen worden.

„Weicheier können wir hier nicht gebrauchen", hatte er gesagt. Nun war es ein bisschen schlecht ausgeleuchtet in dem Gang vor Ahmeds Zimmer, aber das trug nur mehr zur bedrohlichen Stimmung bei.

Der Reporter erhoffte sich Bilder, die um die Welt gehen würden. Langsam legte er seine Hand auf die Türklinke und drückte sie ebenso langsam und bedeutungsschwer herunter. „Meine Damen und Herren", sagte er, „was Sie nun sehen werden, wird Sie vielleicht erschrecken. Aber fürchten Sie sich nicht. Wir werden die Aussagen des Propheten für Sie entschlüsseln und als Untertitel einblenden." Mit diesen Worten riss er die Tür auf und der Kameramann hechtete ins Zimmer. Dort war zum großen Bedauern des Reporters keine Spur von Krieg und Zerstörung. Ahmed lag auf dem Rücken im Bett und schlief.

Der Reporter lief zum Bett und posierte neben Ahmed.

„Ruhig schläft er, die Gefahr scheint weit."
Ahmed wachte auf. Vor seinen Augen verschwamm ihm noch das meiste, aber er konnte doch einige Gestalten um sich herum wahrnehmen. Sein Kopf dröhnte stark und ihm war schlecht.

„Himmel, ist mir übel!" sagte Ahmed.
Das Fernsehteam zuckte zusammen und sogar der

Reporter verlor für einige Sekunden die Sprache. Etwas, das ihm noch nie passiert war.

Nur der Exegesecomputer untertitelte Ahmeds Ausspruch ungerührt.

„Ich würde Ihnen raten, in Rüstungsaktien zu investieren." empfahlen die Untertitel jedem, der es wissen wollte.

Der Reporter brauchte eine kleine Verschnaufpause, fing sich nach einigen Augenblicken aber wieder. „Äh." sagte er. Ahmed ruckte seinen Kopf nach links in Richtung Geräuschquelle und seine Halswirbel knackten hörbar.

„Aua! Verdammt!" rief er. Sein Hals war total verspannt und tat höllisch weh.

„Die UNO sollte die Galapagos-Inseln zu ihrer Hauptstadt machen." untertitelte der Exegesecomputer.

Ahmeds Blick stellte sich scharf und er sah vor sich einen gut gekleideten Mann mit Mikrofon, der von mehreren überhaupt nicht gut gekleideten Menschen mit schweren Fernsehgerätschaften begleitet wurde.

„Wo bin ich hier?" fragte Ahmed.

„Ethisch gesehen ist Diebstahl unter gewissen Voraussetzungen erlaubt" übersetzten die Untertitel diesen Satz.

Der Reporter schluckte und antwortete Ahmed: „Ihr seid im Ferienressort Paradise Beach, ehrenwerter Phil." Er deutete mit dem Kopf eine Verbeugung an. Ahmed griff sich an den Kopf und verzog das Gesicht.

„Ein Komet rast auf die Erde zu!" sagten die Untertitel.

Der Reporter sah in die Kamera und sagte: „Wir erleben hier offenbar einen Quantensprung in den Prophezeiungen des Propheten. Die Ausdrücke werden vielfältiger, seine Bewegungen weniger gerade." Der Reporter warf Ahmed einen schwerwiegenden Seitenblick zu.

„In Anbetracht der Tatsache, dass die außergewöhnlichen Bedeutungen der Aussagen des Propheten erforscht und international anerkannt sind", sagte er also in die Kamera, „bleibt uns nur eine Schlussfolgerung: Die Welt steht kurz vor einer schweren Krise!"

Bedeutungsschwer starrte er in das Objektiv der Kamera und ließ seine Worte nachhallen. Dann sagte er: „Wir halten Sie auf dem Laufenden."

Die Sache war im Kasten, der Kameramann zeigte mit dem Daumen nach oben. Nun musste sich das Team beeilen, die Story an den Sender zu liefern. Ohne sich umzusehen, lief das Filmteam aus dem

Zimmer und ließ einen Ahmed zurück, der den Kopf in den Händen vergraben hatte und mit Übelkeit und Kopfschmerz kämpfte.

Tiffany hatte ein ungutes Gefühl. Seit der Pressesprecher an ihr vorbei hinaus ins Freie gelaufen war, hatte sich das ungute Gefühl rund um ihre weibliche Intuition herum aufgebaut. Und kam es ihr nur so vor, oder war es nicht wirklich etwas seltsam, dass der Barkeeper alle fünf Minuten wechselte und die Lautsprecheranlagen des Ressorts seit Minuten nur Ansagen auf arabisch brachten?

Als sie das Kribbeln in den Kniekehlen nicht mehr aushielt, zahlte sie, stand auf und lief in Richtung Zimmer. Ein Kamerateam kam ihr entgegen und es gefiel Tiffany gar nicht, wie gut gelaunt es wirkte. Sie beschleunigte ihre Schritte. Die Zimmertür stand sperrangelweit offen.

Sie erwartete nicht wirklich, dass Phil noch im Zimmer war, aber Tiffany hielt es für besser, fluchtbereit zu bleiben. Was auch immer dieses Fernsehteam mit ihm angestellt haben mochte, sie verstand vollständig, warum er durchgedreht war. Sie lugte ins Zimmer und atmete auf. Phil war nicht mehr da. Wie vom Blitz getroffen, zuckte sie zusammen. Phil war nicht mehr da. „Phil?" flüsterte sie. Sie begann zu zittern. „Phil?" rief sie. Mit zitternden Knien drehte sie sich um und schlug die Hände über dem Kopf zusammen. „Phil!" kreischte sie und rannte aus dem Zimmer.

Ahmeds Kopfschmerzen ließen langsam nach. Phil war also wirklich aus seinem „Wachschlaf "erwacht. Um ihn herum war es angenehm kühl und dunkel. Er saß in einer kühlen Kammer, in der Wäsche getrocknet wurde. Und er hatte keine Ahnung, wo seine Schafe waren. Wie hatte es so weit kommen können?

Das Dumme an der Lage war: Die Antworten auf diese Frage fielen ihm langsam ein.

Noch dümmer war: Ahmed wurde einfach nicht schlau aus diesen Antworten. Er konnte es nicht glauben, warum er plötzlich ohne es zu wollen so viel angestellt hatte.

Und die Antworten warfen neue Fragen auf: Wenn er es in kompletter Umnachtung geschafft hatte, zum Held der Medien zu mutieren – wie viele seiner Jugendidole aus dem Fernsehen waren dann keine Helden, sondern einfach nur Leute, denen ein Stein auf den Kopf gefallen war? Es musste doch irgendwer überwachen, was da im Fernseher kam?

Irgendwer musste doch schreien: „Halt! Das ist nur ein unberechenbarer Irrer!"

Das musste doch so sein.

War es aber wohl nicht.

Ahmed hatte das Licht in der Trockenkammer ausgemacht. Es klopfte um ihn herum. Wahrscheinlich waren das Wasser- oder Heizungsrohre. Was sollte er nur tun? Einerseits war alles, was er wollte, schnell zurück zu seinen Schafen zu kommen. Doch andererseits fühlte er sich nicht in der Lage, irgendetwas schnell oder geradlinig zu tun.

Die letzten Wochen hatten seinen kompletten Lebensvorrat an schnellen, geradlinigen Handlungen verschlungen. Er stöhnte und ließ sich nach hinten fallen. Schmerzhaft stieß sein Kopf gegen ein metallisches Heizungsrohr. Ahmed entfuhr ein leiser Schmerzensschrei.

„Was war das?" fragte Gerard das notdürftig zusammengewürfelte Suchteam der Hotelangestellten. Ohne von den neuen Entwicklungen zu ahnen, war Gerard in Ahmeds Suite eingedrungen und hatte sie verlassen vorgefunden.

Sein erster Gedanke war gewesen, dass der Kerl mit seinem ganzen Trinkgeld geflohen war. Aber das hätten seine Freunde von der Security gemerkt.

Also blieb Gerard nur noch eine Schlussfolgerung: Der Prophet befand sich noch im Gebäude. Und das wiederum bedeutete, dass er sich in Gerards Gewalt befand. Sobald er ihn gefunden hatte, natürlich. Er roch es in der Luft, wie man das Nahen eines Gewitters riecht: Die Medien waren dabei, einen ganz großen Wetterumschwung in den Meinungen der Welt zu verursachen. Es kam nun darauf an, dass er den Propheten vor den Medien fand.

Denn nur dann war es ihm möglich, auf der vordersten Welle des Sturms mitzureiten.

„Da hat doch jemand geschrien!" rief Gerard und wies seine Lakaien an, alle Räume des Kellers zu durchsuchen.

Tiffany saß derweil wieder an der Bar und ertränkte ihre Sorgen im Gin.

Das Fehlen von Phil war eine höchst dumme Angelegenheit, hatte sie es doch vor ein paar Tagen übers Herz gebracht, ihren Vater anzurufen und ihm von ihrer neuen Eroberung zu erzählen. Zu ihrer größten Überraschung hatte ihr Vater höchst erfreut reagiert. Er hatte genug Medienscouts, die ihm die neuesten Entwicklungen auf dem Medienmarkt berichteten.

Und er hielt es seinem Image als Hardliner durchaus förderlich, sich mit einem ausländischen Guru zu treffen und ihm seine Sicht der Welt auseinanderzusetzen. Senator Bright hatte daher seiner geliebten Tochter sein Kommen für die nächsten Tage angekündigt. Und das war auch der Grund, warum sie nun dem Gin in selbst für sie ungewohntem Maße zusprach. Es war relativ wahrscheinlich, dass ihr Vater keine Zeit verlieren würde. Wahrscheinlich würde er noch heute vor ihrer Tür stehen und was, wenn Ahmed bis dahin nicht wieder aufgetaucht war? Peinlich wäre das. Dass es vielleicht noch peinlicher wäre, wenn sie ihren Vater mit einer Gin-Fahne begrüßen müsste, so weit dachte Tiffany nicht. Die vergangenen Wochen der Abstinenz in der inspirierenden Nähe des Propheten hatten sie unvorsichtig gemacht.

Paranoid in dem Sinne war Ahmed in seinem Kellerversteck nicht. Er hörte zwar Schritte, aber die bildete er sich nicht ein, sondern die kamen tatsächlich vom Gang her auf ihn zu. Er richtete sich auf und lauschte. Sein Kopf war wieder einigermaßen klar, abgesehen von einem leichten Brummen. Seine Erinnerung an die letzten Wochen war nur vage. Aber das, woran er sich erinnerte, gefiel ihm gar nicht. Menschen waren um ihn herumgesprungen und hatten auf das gehört, was er sagte. Seit seiner Kindheit hatte Ahmed es immer vermeiden können, dass andere ihm zuhörten. Er hatte immer absichtlich langsam und ohne große Abwechslung in seiner Wortwahl geredet. Nicht, weil er es nicht anders gekonnt hätte, sondern weil er schon immer genau gefühlt hatte, wo seine Stärken lagen. Knallharte Analyse und geschliffene Rede gehörten nicht dazu. Schon eher, stundenlang an einer Stelle zu sitzen. Oder Schafe mit großer Geduld an die richtigen Stellen zu treiben. Er verzichtete gern auf sein Grundrecht der freien Rede und handelte lieber. In einer Welt, in der jedermann zu jederzeit Experte für alles ist, stößt das auf wenig Verständnis. Doch auch dieses fehlende Verständnis war Ahmed bisher egal gewesen. Jetzt konnte es das nicht mehr sein. Denn nun hatte man ihm zugehört. Und obwohl er nichts gesagt hatte, hatte man ihn verstanden.

Ahmed war sehr beunruhigt bei dem Gedanken daran, was er alles ausgelöst hatte. So beunruhigt, dass es ihn relativ kalt ließ, als nun die Kellertür aufgestoßen wurde und die Lichtkegel von Taschenlampen durch den dunklen Keller blitzten.

„Da ist er!" hörte Ahmed jemanden rufen.

Er stöhnte.

Schon wieder jemand, der ihn nach seiner Meinung fragen wollte. Kapierten die denn nicht, dass er nichts sagen wollte, weil er nichts zu sagen hatte?

„Mein Hals brennt!" schrie Ahmed aus und hustete. Die erste Reihe der hereinstürmenden Bediensteten wich ängstlich zurück. Blanker Aberglaube stand ihnen ins Gesicht geschrieben. So als erwarteten sie, Ahmed würde jede Sekunde anfangen, Feuer zu spucken.

„Was wollt ihr denn?" fragte Ahmed müde.

Sofort wich der Aberglaube bei den eben noch ängstlich Zurückweichenden wieder der aufgeklärten Ignoranz des modernen Menschen.

„Hier ist er!" rief einer der vorderen Hereinstürmenden nochmals und die Angestellten ließen Gerard wie einen siegreicher Feldherr zu Ahmed durch.

Gerard baute sich vor Ahmed auf, der ihn müde musterte. Gerard hatte immer noch seine Pluderhosen an und sah aus wie ein verwirrter Beduine auf Brautschau

„So, nun haben wir Dich!" sagte Gerard mit einem überlegenen Grinsen. Er ruckte mit dem Kopf und stemmte die Fäuste in die Hüfte. Das hatte er mal in einem Film gesehen,

Ahmed sah ihn desinteressiert an. „Ja gut. Und

jetzt?" fragte er.

Gerards Lächeln gefror. Er drehte die Augen nach links. Er drehte die Augen nach rechts. Er überlegte. Und er nahm sich vor, den nächsten Satz nicht mit einem „Äääääh" zu beginnen. Das wäre nicht gut für seine Autorität gewesen. Also bitte ich Sie, lieber Leser, sich den nächsten Satz mit einem langgezogenen „Äääääh" am Anfang zu denken.

„Nun ja, nun werden wir gemeinsam eine Menge Geld machen, was?" sagte Gerard.

„Geld?" fragte Ahmed entsetzt. Das letzte Mal, als das jemand zu ihm gesagt hatte, hatte er tagelang Mülltonnen durchwühlt. Gut, das war gewesen, als er acht Jahre alt gewesen war und sein Freund Sharif diese blöde Idee mit dem „Zigarettenstummelrecycling" gehabt hatte. Aber dennoch hatte der Satz einen schlechten Nachgeschmack.

„Geld machen" klang nicht nach arbeiten.

Das klang nach dem Wühlen in Mülltonnen oder nach durchtrennten Kehlen.

„Ich will kein Geld." sagte Ahmed daher und seufzte. „Ich will nur wieder zurück zu meinen Schafen – die hören mir wenigstens nicht zu!"

Gerard ließ die Schultern sinken und sein Blick flackerte unruhig.

„Zurück zu Deinen Schafen?" Gerard konnte mit dieser Antwort nichts anfangen.

Tiffany hatte ihre Flucht in den Alkohol aufgegeben. Verzweifelt rannte sie durch das Ferienressort und suchte Ahmed. Sie war im Vergleich zu Gerards Suchtrupp natürlich etwas im Nachteil: Es gab einfach zu wenige offene Türen für Hotelgäste. Und besondere Zugangsrechte hatte Tiffany höchstens für das Damenklo.

Nach einer halben Stunde erfolgloser Suche ließ ihr Eifer nach und sie durchstreifte ohne große Hoffnung die Grünanlagen des Ferienressorts. Grübelnd kickte sie einige Kieselsteine aus dem Weg und blickte mal nach links, mal nach rechts in den Staub vor sich. Sie war so in ihren Gedanken versunken, dass sie die blankpolierten Herrenschuhe erst bemerkte, als sie schon fast mit deren Besitzer zusammenstieß. Eiskalt lief ihr eine Gänsehaut den Rücken runter und sie schluckte. Tiffany hob den Kopf und der Augenschein bestätigte ihr, was sie befürchtet hatte: über den blankpolierten Herrenschuhen saß ein perfekt geschnittener dunkelblauer Herrenanzug und oben aus dem Anzug heraus grinste das ständig gutgelaunte und braungebrannte Ledergesicht eines Mannes, den man – hätte er eben nicht den Anzug getragen – eher in die Zunft der Landwirte eingereiht hätte.

„Daddy?" fragte Tiffany mit brüchiger Stimme und fühlte sich ziemlich klein und dumm. Ihr Vater strahlte sie an, breitete seine Arme aus und ging auf sie zu.

„Hallo mein Engel!" sagte er, drückte sie und hob sie mühelos an der Hüfte hoch.

„Da bin ich. Freust Du Dich?"
Eltern haben ein Talent, solche Fragen zu stellen. Sie erwarten dann keine Antwort. Sie erwarten Begeisterung. Tiffany drückte ihren Vater wortlos. Sie fand, das müsste als Begeisterung genügen. Es genügte zumindest dafür, dass er sie absetzte. Während er das tat, schaffte es Tiffany, ihr offizielle-Anlässe-Lächeln aufzusetzen.

Senator Bright war links und rechts von je zwei Leibwächtern flankiert und lächelte mit Mund und Augen.

„Und, wo ist jetzt Dein imposanter Mensch? Ich brenne darauf, ihn kennenzulernen!"

Tiffany löste sich aus der Umarmung ihres Vaters und sah ihn unsicher an. Was sollte sie ihm sagen? Dass sie schon wieder einem Hirngespinst hinterhergelaufen war? Dass ihr Vater ganz umsonst gekommen war? Mit einem leichten Seufzen öffnete sie den Mund. Doch bevor sie etwas sagen konnte, hallte ein ohrenbetäubender Lärm durch das Ferienressort. Einige Fensterscheiben barsten und Menschen schrien durcheinander.

Noch bevor Tiffany sich orientieren konnte, war sie von einem der Leibwächter ihres Vaters gepackt und auf den Boden gedrückt geworden. Staub stieg ihr in die Augen und durch ihr Husten und das Fluchen ihres Vaters hörte sie nur noch so etwas Ähnliches wie „Weltuntergang!"

„Oh nein", dachte sie. „Phil." Und damit hatte sie vollkommen Recht, auch wenn sie sich immer noch im Namen irrte.

SELF-FULFILLING PROPHECY

Einige Minuten vor diesen dramatischen Ereignissen hatte Ahmed noch geglaubt, der Vorschlag, den ihm Gerard unterbreitet hatte, sei akzeptabel und ungefährlich.

Er hatte sich gedacht: „Sie haben mir jetzt schon wochenlang zugehört, da werden sie mir auch noch einmal zuhören."

Gerard hatte Ahmed vorgeschlagen, er solle doch allen ganz einfach erklären, wie sich die Sachlage verhielt. Erklären, dass er kein Held war und dass sich die wahren Helden unter den Angestellten des Ferienressorts befänden. Anschließend würden diese neuen wahren Helden den ausrangierten Helden Ahmed dann zu seinen Schafen zurückfahren.

Das klang wie ein faires Geschäft. Gerard war aus den Tiefen des Kellers wieder in die Hotel Lounge gestiegen und hatte zu den sich langweilenden Anwesenden und Medienmenschen gesprochen. Er hatte sich auf einen Stuhl gestellt und verkündet:

„Werte Gäste, werte Vertreter der öffentlichen Meinung! Sie alle haben in den vergangenen Wochen das einzigartige Phänomen dieses Ferienressorts kennengelernt! Sie haben seine Prophezeiungen gehört und seine Weisheit getrunken. Doch heute werden Sie etwas von ihm erfahren, dass Ihre wildesten Vorstellungen noch weit in den Schatten stellt."

Gerard rollte mit den Augen und gestikulierte wild mit seinen Armen in der Luft herum. „Heute erfahren Sie das Geheimnis des Propheten."

Er ließ diese Worte wirken und stellte sich ruhig hin. Er holte tief Luft und hauchte bedeutungsvoll die Worte: „In zehn Minuten im Speisesaal."

Dann stieg er vom Stuhl und flitzte so schnell er konnte in Richtung Speisesaal, um die kommende Präsentation zu organisieren. Er liebte diese Art von Arbeit. Wenn er es satt hatte, ein Betrüger zu sein, wollte er in die PR-Branche wechseln.

„Mal was anderes", dachte er und lächelte in sich hinein.

Binnen einer Viertelstunde waren im Speisesaal Kameras aufgebaut. Dünne Informatiker hatten Computersensoren zur Exegese aufgestellt. Unter den Journalisten brodelte die Gerüchteküche. Die Medienleute waren gespannt auf den weiteren Verlauf, den diese höchst interessanten Ereignisse nehmen würden.

Helden der ersten Stunde wie Letitia oder der Regisseur waren schon längst der direkten vor-Ort-

Berichterstattung entwachsen und kontrollierten in ihren Heimatländern die korrekte Berichterstattung. Manche der Medienleute sahen Ahmed deshalb sogar zum ersten Mal in Person.

Eine Tür öffnete sich und Ahmed wurde von Gerards Untergebenen hereingeführt. Er blickte zu Boden, sein Gesicht war grau und er schlurfte müde, aber sehr geradlinig und steif in den Speisesaal. Ahmed sah nicht gut aus. Und das, obwohl er sich so wohl fühlte wie schon lange nicht mehr. Aber sein knittriger, verdreckter Bademantel und sein typisch arabischer Dreitagebart hätten auch einen schöneren Menschen nicht gerade brillieren lassen. Die Medienleute wunderten sich. Ahmed bewegte sich wie ein ganz normaler Mensch und das passte ihrer Meinung nach nicht zu einem Propheten. Trotzdem zeigten die Exegesecomputer noch Werte an, die sich im Rahmen des Erwarteten bewegten. Das änderte sich erst, als sich Ahmed hinter dem improvisierten Rednerpult aufbaute. Es hatte am Morgen noch als Präsentierteller für Rührei und Speck gedient.

Er fasste das Pult mit beiden Händen und holte tief Luft. Leider wurde er in diesem Moment von einem Lampenfieber-Anfall gepackt. Er hatte ja noch nie bei vollem Bewusstsein vor einer Menge dieses

Ausmaßes gesprochen. Er ruckte seinen Kopf nach links und rechts und die Exegesecomputer verarbeiteten die Informationen, die seine Halsbewegungen angeblich bedeuten sollten. Die Journalisten atmeten überrascht ein und die Psychologen vor den Bildschirmen schrieben fiebrig die übersetzten Bedeutungen nieder.

Als er das sah, ärgerte sich Ahmed. Und der Ärger trieb die Worte aus ihm heraus.

„Liebe Freunde", sagte er. Weiter kam er nicht.

Vielstimmiges Alarmgepiepse von Seiten der Computer und das Klappern einiger Mikrofone, die von schreckhaften Tonleuten fallen gelassen worden waren, übertönten ihn sofort.

Einer der Computer-Bediener schrie: „Oh mein Gott, er sagt, das Haus fällt ein!" Ein anderer: „Du meine Güte, eine Flutwelle? Ich muss sofort meine Familie warnen." Und ein dritter: „Ich wusste es! Sie haben die Bombe und jetzt benutzen sie sie auch!"

Die Kameras schwenkten hilflos in dem Tohuwabohu hin und her und versuchten, klärende Informationen zu finden.

Zum Glück gab es Reporter, die die vorhandenen Informationen verantwortungsvoll interpretierten und weitergaben: „Offensichtlich sind die gewohnten Worte nicht mehr ausreichend, um die Schrecken zu beschreiben, die uns bevorstehen...", rang ein amerikanischer Journalist mit den Worten.

„... wissen wir nicht genau, was kommen wird, doch gesicherte Erkenntnisse lassen vermuten, dass ein umfassender thermonuklearer Angriffskrieg bevorsteht...", mutmaßte eine französische Korrespondentin.

„... waren die Entlassungswellen der vergangenen Monate nur der Anfang, die Wirtschaft muss sich auf einen herben Schlag vorbereiten...", analysierte der Finanzexperte eines Online-Dienstes.

„... so können wir nur annehmen, dass die Klimaerwärmung doch eindeutig ein baldiges Ansteigen der Naturkatastrophen zur Folge haben wird...", brabbelte der Angestellte einer Non-Profit-Organisation.

„... begeben wir uns nun in einen sicheren Unterstand. Möge Gott unserer armen Seelen gnädig sein!" orakelte der Angehörige eines religiösen Senders.

Als immer mehr Bewegung in die Berichterstatter kam, wurde sogar Gerard nervös. Er trat neben Ahmed hin und flüsterte ihm zu:

„Sag mal, das meinst Du doch hoffentlich nicht ernst?" Ahmed sah ihn mit offenem Mund an.

„Was meine ich nicht ernst?" fragte er. „Ich habe doch nur liebe Freunde gesagt."

Gerard schaute betreten auf den Boden und scharrte mit den Füßen.

„Nein, ich meine doch das, was Du zwischen den Zeilen gesagt hast."

Ahmed hob resignierend die Schultern.

„Aber liebe Freunde sind doch nur zwei Wörter! Da gibt es nicht mal Zeilen!" sagte er verzweifelt. Es konnte doch nicht sein, dass er auf einmal allen erklären musste, wie die menschliche Sprache funktionierte: Man reihte Wörter aneinander und in den allermeisten Fällen sagte man damit entweder gar nichts oder eben genau das, was man sagte.

Im Gegensatz zu Gerard hatte Ahmed noch nie Thriller rund um Verschwörungstheorien gesehen. Ihm fehlte damit das grundlegende Verständnis für die Grundlagen moderner Medienberichterstattung: Man nehme einige Informationen, füge sie in ein bereits vorgefasstes Denkmuster ein und präsentiere sie dann ironisch genug, damit sich jeder seine eigene Realität zusammenreimen kann.

Gerard zum Beispiel reimte sich in diesem Moment gerade zusammen, dass er mit diesem Untergangspropheten möglichst bald den Saal verlassen sollte, damit nicht plötzlich noch SWAT-Teams den Saal stürmen und den bedrohlichen Propheten erschießen könnten.

Doch bevor er Ahmed packen und in Sicherheit bringen konnte, gab es einen enormen Knall und Geschrei. Einer der größeren Exegesecomputer hatte den Wortwechsel zwischen Ahmed und Gerard mitbekommen und war während der Verarbeitung der Daten explodiert.

Die anderen Computer hatten die Detonation sofort in ihre Exegese mit einbezogen und schrien nun mit laut aufgedrehter Sprachausgabe: „Weltuntergang! Weltuntergang!"

Eine der großen Fensterscheiben des Speisesaals war durch die Explosion geborsten. Alles war voller Qualm und Rauch. Ahmed starrte völlig fassungslos auf die Verwüstung vor seinen Augen. Er war als Einziger nicht in Deckung gegangen und spürte nun Dutzende ängstliche Augenpaare auf sich ruhen. Einige der standfesteren Kameraleute richteten ihr Objektiv wieder auf ihn und tapfere Reporter kauerten hinter notdürftigen Deckungen und kommentierten:

„Da steht er, der Engel der Apokalypse. Inmitten der Zerstörung, die er vorhergesagt hat..."

„... die Ereignisse sich überschlagen haben, fragen wir uns alle, was er als nächstes plant..."

„... war es schon immer zu vermuten, dass uns ein Mann mit solchen Kräften nicht unbedingt nur wohl gesonnen sein muss. Dieser Angriff auf die Speerspitze der westlichen Zivilisation zeigt das wahre Gesicht des Propheten, die dunkle Seite der Macht..."

„... Mutter, Vater, wenn Ihr das seht, denkt an euren Sohn, der tapfer dem... Oh mein Gott, das SWAT-Team ist da!"

Gerard stieß einen Entsetzensschrei aus, als er bemerkte, wie fünf Männer mit Anzügen, Sonnenbrillen und Handfeuerwaffen durch das zerbrochene Fenster stürmten. Die Leibwächter von Senator Bright wirkten auf ihn wie der Alptraum eines jeden Thriller-Fans: Das gefürchtete SWAT-Team, das Ende jeder Verschwörung!

Schnell riss er sich aus seiner Erstarrung und packte Ahmed.

„Schnell, wir müssen hier weg!" rief er. „Ich bring Dich hier raus."

Ahmed hatte weit hinter den hereinstürmenden Bewaffneten den einzigen Menschen erkannt, der in den letzten Wochen einigermaßen nett zu ihm gewesen war und wäre deshalb lieber zu Tiffany gelaufen.

Aber die Wochen im Ferienressort hatten ihn geschwächt und Gerard war ziemlich kräftig. Und so wurde er weg aus der Berühmtheit in die Flucht hinein gezogen.

„Phiiiil!" Tiffany schrie sich die Seele aus dem Leib. Ihr Vater hielt sie zurück, während seine Leibwächter in dem Pulk der panischen Medienleute den Schuldigen für den Aufruhr suchten. Doch der war entkommen. Senator Bright versuchte, seiner Tochter gut zuzureden. Es war nicht unbedingt so, dass er Explosionen gewohnt war und so beruhigte er sich selbst gleich mit. Tiffany hingegen war nicht zu beruhigen. Sie weinte und schrie und zeigte immerzu in Richtung des Aufruhrs. Sie hatte ihren Propheten für einen Moment gesehen. Kurz bevor er von einem unbekannten Täter verschleppt worden war. Dieser Anblick war zu viel für sie gewesen.

„Manche Menschen können so viel Gutes einfach nicht ertragen!" kreischte sie.

Ihr Vater, der gerade ein beruhigendes Kinderlied summte, lachte auf. „Ach mein Kind, das macht doch nichts! Das ist schließlich ihr Job."

Tiffany sah ihren Vater fragend an.

„Wieso ist es ihr Job, alles falsch zu interpretieren?"

Senator Bright lächelte gütig. „Na weißt Du:

Wenn sie einfach alles so verstehen würden, wie es gemeint ist, dann gäbe es keine Probleme mehr. Dann könnten wir Politiker die Wahrheit sagen, wenn die Wahrheit nötig ist. Und wir könnten lügen, wenn es besser ist, dass die Öffentlichkeit nichts darüber weiß."

Tiffany zog die Stirn kraus. Das klang auch nicht viel besser.

Da, wo ich herkomme, sind die Aufgaben gut verteilt. Schäfer hüten Schafe, Bauern bestellen das Land, Bäcker backen und der Bürgermeister wird dafür bezahlt, dass er sich von allen anschreien lässt.

Es ist klar, dass das in einer entwickelten Gesellschaft nicht mehr so einfach geht.

Die einfachen Strukturen vor Ort reichen nicht aus, um Imperien zu bilden und die Menschen können nicht einfach nur morgens zur Arbeit gehen und abends ihre Füße hochlegen. Für Imperien ist es ganz wichtig, dass es Menschen gibt, die die Informationen zwischen Bäcker, Bauer, Schaf und Bürgermeister überbringen. Und weil dieser Job hin und wieder langweilig wird, müssen diese Informationen natürlich kommentiert und in ein großes Ganzes eingesetzt werden.

Das wiederum bemerken die Bürgermeister dieser Welt und beschließen, dass sie in Zukunft nicht mehr persönlich angeschrien werden wollen. Das sollen doch gleich die Informationsüberbringer erledigen. Und damit die Ohren nicht mehr so wehtun, könnten sie es doch schriftlich tun. Und lesen muss man das als Bürgermeister dann ja auch nicht. Hauptsache alle anderen tun es und fühlen sich dadurch besser. Nun ich gebe zu, es ist wahrscheinlich etwas komplizierter. Aber ich bin ja auch nur ein einfältiger alter Mann, der schon wieder ins Schwafeln gerät.

Ahmed war entkommen. Nicht nur den Medien, sondern auch Gerard. Er hatte ihn einfach in die Hand gebissen und war Zickzack durch das Gebäude geflüchtet. Ein Tritt in eine besonders empfindliche Stelle hatte Gerard an der Verfolgung gehindert. Ahmed hatte einfach genug davon gehabt, herumgereicht und herumgezerrt zu werden. In einem dunklen Raum des Ferienressorts saß Ahmed auf einem wackligen Holzstuhl und zitterte. Er würde wohl nie mehr versuchen, eine Rede vor jemand anderem als seinen Schafen zu halten. Das heißt – wenn er sie denn jemals wiedersehen würde.

Ahmed vergrub seinen Kopf in den Händen und raufte sich die Haare. Er atmete tief durch und sah sich um. Jetzt, da seine Augen sich wieder an die Dunkelheit gewöhnten, merkte Ahmed, dass es hier nicht ganz so dunkel war wie in dem Wäscheraum. Es roch auch nicht so feucht. Es roch irgendwie seriöser. Ahmed saß auf einem Tisch und tastete nun darauf herum. Er entdeckte einen Lichtschalter. Er lauschte. Es schien niemand in der Nähe zu sein – er konnte es also wagen. Nachdem er Licht gemacht hatte, sah Ahmed, dass er in einem Gemeinschaftsraum saß. Ein Billardtisch stand dort herum, ein Fernseher und andere Ablenkungsgegenstände. Ahmeds Blick blieb an einer Videokamera hängen. Da kam ihm eine Idee:

Wenn die da oben Ahmed schon nicht zuhören wollten – einem anonym eingesandten Video würden sie einfach zuhören müssen. Alle wichtigen Ereignisse der letzten Jahre waren von anonymen Filmern publik gemacht worden. Alles Schockierende, Weltbewegende und Besondere im Fernsehen erkannte man an der kleinen weißen Beschriftung in der oberen Ecke des Bildschirms: „Amateuraufnahme". Es war also nur logisch, dass das entscheidende Dementi des Propheten nun auch als Amateurvideo in die Welt geschickt wurde.

„Ich bin mir nicht sicher, ob ich überhaupt etwas zu sagen habe." sagte Ahmed zu sich selbst. „Aber zumindest das sollte ich sagen."

Ahmed stellte sich vor die Kamera, drückte auf den roten Knopf und atmete tief durch. Er schaute ernst in die Kamera und begann zu sprechen.

„Liebe Freunde", sagte er. „Ich bin es nicht gewohnt, zu der Welt zu sprechen, denn ich bin nur ein Schafhirte."

Ahmed seufzte nochmals und sah dann flehentlich ins Objektiv.

„Ich weiß wirklich nicht, wie es zu all dem gekommen ist. Ich weiß nicht, wie ich hier hergekommen bin und was genau ich in den letzten Wochen von mir gegeben habe. Ich weiß nichts von Prophezeiungen oder von irgendwelchen Doppelbedeutungen, die meine Worte zu haben scheinen.

Ich weiß, wo Norden, Süden, Osten und Westen ist, wo die Sonne aufgeht und wo sie untergeht. Ich bin ein Schafhirte und bringe es gerade mal fertig, meine kleine Herde mehr schlecht als recht zu neuen Weideplätze zu führen. Ich liege gerne in der Sonne und träume vor mich hin. Ich gehe gerne langsam und auf Umwegen. Ich bin in keiner Weise das, was Ihr von mir glaubt. Ich weiß nichts, was für das Leben irgendeines von Euch interessant sein könnte, denn ich bin froh, wenn ich mein eigenes Leben in einigermaßen vernünftigen Bahnen leiten kann.

Wenn ich meinen Arm hebe, hebe ich einfach nur meinen Arm. Wenn ich meinen Mund zum Sprechen öffne, dann öffne ich meinen Mund zum Sprechen. Es ist wirklich nichts Großartiges dabei. Ich will einfach nur zurück zu meinen Schafen, meinen Platz einnehmen und mein Leben leben. Ich hoffe, Ihr versteht das.

Ich hoffe, Ihr sucht nicht länger nach einem tieferen Sinn in dem, was ich Euch sage. Ich rede und ich versuche, mich verständlich zu machen. Aber wirklich etwas zu sagen hatte ich nie. Und ich wollte auch nie etwas sagen."

Ahmed atmete tief durch und überlegte. Und das war ein Fehler. Denn, wenn er an dieser Stelle geendet hätte, hätten sie es ihm vielleicht abgenommen. Aber aus irgendeinem Grund redete er weiter.

Ahmed sah also wieder in die Kamera und sagte mit eindringlichem Blick: „Ich dachte eigentlich immer, wir Menschen hätten eine Instanz, die kontrolliert, welche Informationen die Medien senden. Ich hatte mich geirrt. Denn ich habe nichts zu sagen und doch hat man mir zugehört. Ich habe nur überleben können, weil ich Glück hatte. Doch aus irgendeinem Grund scheinen alle um mich herum anzunehmen, dass ich Recht hätte und alle anderen Unrecht." Ahmed stand auf und deutete auf sich

„Es kann doch nicht sein, dass ich eine Wahrheit verkünde, die ich nicht einmal selber kenne. Ihr könnt doch nicht einfach alles, was ich sage, völlig ungeprüft als wahr annehmen!" Ahmeds Blick wurde sehr flehentlich. „Ihr könnt doch nicht einfach so alles glauben. Ich war doch nur bewusstlos!"

Ahmed setzte sich wieder, atmete noch einmal tief durch und sagte: „Liebe Freunde, ich weiß gar nichts. Und das ist gut so. Ich gehe nun zu meinen Schafen zurück. Lebt wohl!"

Das war die längste Rede, die Ahmed jemals gehalten hatte. Er hatte gehofft, dass das Problem damit aus der Welt geschafft sei und er wieder nach Hause kehren könnte. Aber er hatte dabei die wichtigsten Prinzipien der modernen Informationsgesellschaft verkannt: Erstens: Sage nie, was Du wirklich meinst. Und zweitens: Kritisiere nie die Experten, denn Experten haben immer Recht.

DIE FLUCHT DES PROPHETEN

Als die Nacht kam, war das Ferienressort immer noch voller Menschen. Hundestaffeln durchstreiften die Gärten und Schaulustige drängten sich an den Ressortmauern.

Gerard saß auf dem Dach des größten Hotelkomplexes und peilte die Lage. Seine Gedanken schwirrten und versuchten, mit der Situation zurecht zu kommen. Seine Untergebenen hatten eine Videokassette gefunden, auf der Ahmed eine letzte Rede hielt. Nun ja „gefunden" ist vielleicht das falsche Wort. Jemand hatte ihnen die Videokassette von hinten an den Kopf geworfen und war dann schnell weggerannt. Ahmed versteckte sich seitdem in einem Besenschrank im Keller und wartete auf bessere Zeiten.

Besorgt betrachtete Gerard den geschlossenen Ring von Scheinwerfern, den die vielen Berichterstatter rund um den Komplex gelegt hatten und aus dem unaufhörlich wichtig klingendes Gebrabbel zu hören war. Die Welt wurde informiert. Informiert darüber, dass man sich hier im Ferienressort „Paradise Beach" befände und dass man nicht genau wisse, was los sei. Aber auf jeden Fall, so sagten die Reporter, sei alles ganz furchtbar aufregend und man könne dem

Zuschauer nur raten, dranzubleiben. Gerard blieb nicht dran. Er hatte genug gesehen und einen Plan gefasst. Er musste den Mob ablenken. Also kletterte er vom Dach und zog eine Videokassette aus der Tasche.

Tiffany saß neben ihrem Vater auf einer Bank nahe des Haupteingangs und knabberte an ihren Fingernägeln. Sie hatte sich inzwischen über die Lage informiert und war sich nicht sicher, was sie von all dem halten sollte. Es schien so, als hätte sich ihr sinnstiftender Held in einen apokalyptischen Reiter verwandelt. Bereits wenige Stunden nach seiner letzten Ansprache waren die Börsenkurse der wichtigsten Börsen in den Keller gerutscht.

Mehrere Staaten hatten ihre Streitkräfte in Alarmbereitschaft versetzt und Tiffanys Vater musste ihre Mutter anrufen und beruhigen.

Tiffany kam sich vor wie ein kleines Kind und ärgerte sich darüber: Vor ein paar Tagen war sie noch die wichtigste Koordinatorin des Propheten, nun war sie wieder Daddys kleines Mädchen. Die Sache entwickelte sich ganz und gar nicht positiv.

Während sich Tiffany selber Leid tat, kam Bewegung in die Fernsehteams, die zwischen Mauer und Hotel einen dichten Kreis gebildet hatten. Alle strömten plötzlich zu einem einzigen Übertragungswagen hin. Tiffany hörte, dass es wohl Neuigkeiten von Ahmed gab, also sprang sie auch auf und rannte zu dem Wagen. Am Übertragungswagen gab es einiges Gerangel. Der Übertragungswagen gehörte einem amerikanischen Sender und dort flimmerte Ahmed mit seiner letzten Rede über die Bildschirme. Tiffany hüpfte auf und ab und versuchte zu erkennen, was genau ihr Prophet da von sich gab, doch das Geschrei der kämpfenden Fernsehteams war zu laut. Allein im Übertragungswagen saßen die üblichen Exegeten still und mit bleichen Gesichtern vor den Bildschirmen. Aus den Augenwinkeln sah Tiffany Gerard mit einem entrückten Grinsen und einem Papierfetzen in der Hand, der sehr nach einem Scheck aussah. Er verschwand flink in der Nacht.

Das sonst so verträumte und naive Gesicht Tiffanys veränderte sich auf einen Schlag in das einer wütenden Rachegöttin. Nicht einmal die Leibwächter ihres Vaters konnten sie aufhalten, als sie mit einem schrillen Kampfschrei in die Nacht lief.

Der Senator ließ sie ziehen. Er griff in seine Anzugtasche, holte ein kleines Hand-Fernsehgerät heraus und stellte einen Nachrichtensender ein. Der Moderator sah sehr aufgeregt aus. Im Hintergrund war undeutlich das Ferienressort und, in einem Gewühl aus Leibern, auch der Übertragungswagen zu sehen.

„Die neuen Prophezeiungen des Propheten werden immer schlimmer!" sagte der Moderator.

„Aus gut informierten Quellen ist uns ein Videoband des Propheten zugespielt worden, das Experten ohne Zweifel als „echt" identifiziert haben."

Die Experten waren nebenbei gesagt wieder einmal ein Tonpraktikant und der Übertragungswagenfahrer gewesen. Aber auch falsche Experten können manchmal Recht haben.

Der Moderator fuhr fort: „Die Aufnahmen auf diesem Video sind ja schon aus offensichtlichen Gründen bedenklich. Eine eingehende Untersuchung nach den anerkannten Methoden bringt darüber hinaus katastrophale Erkenntnisse."

Der Moderator fuhr sich fahrig durchs Haar, schnappte sich ein Blatt Papier und tat so, als würde er von diesem Papier ein Gutachten oder ähnliches ablesen.

„Der Prophet verkündet in diesem Video, dass er nur ein Schafhirte sei, der gar nicht wisse, woher seine Kräfte kommen. Experten (also Tonpraktikant und

Übertragungswagenfahrer) sehen darin den eindeutigen Beweis dafür, dass die Voraussagen des Propheten übernatürlicher Art sind, er dem Übernatürlichen quasi nur die Stimme gab." Das klang logisch, fand der Senator.

Wer nicht weiß, warum er etwas tut, muss einfach zwangsläufig über übernatürliche Kräfte verfügen. Er legte mit einem ironischen Lächeln den Kopf schief und verfolgte die Ausführungen des Moderators weiter. „Als wäre dieser endgültige Beweis für ein übernatürliches Wirken nicht schon genug, zeigt das Exegeseprogramm an, dass es nur einen Weg gibt, all das Kommende aufzuhalten."

Der Moderator fing an zu zittern und bemühte sich, mit sicherer Stimme weiter zu reden, was ihm nicht ganz gelang.

„Der einzige Weg, das Kommende aufzuhalten, sagt der Prophet, ist der Tod des Propheten!" Der Senator ließ vor Schreck fast seinen Taschenfernseher fallen.

„Oh my god, der arme Junge!" rief er.
Hastig gab er seinen Leibwächtern einige Befehle, woraufhin diese in die Nacht ausschwärmten.

Gerard kam gerade mal bis zu dem großen Busch vor einem der Kellerfenster, bis ihn etwas Kleines und sehr Wütendes von hinten ansprang. Er war so überrascht, dass er nicht einmal aufschrie. Tiffany dagegen schrie umso mehr und prügelte wild auf den am Boden liegenden Barkeeper ein. Nach einigen Sekunden merkte Gerard, dass er doch nicht von einem wilden Tier angefallen wurde und er begann, sich erfolgreich gegen die schmächtige Amerikanerin zu wehren. Im Zwielicht sah er Schaum vor ihrem Mund und bemühte sich daher, nicht gebissen zu werden.

„Du Schwein!" schrie Tiffany. „Du hast ihn verkauft! Wo ist er?"

Gerard bekam ihre Handgelenke zu fassen und drückte sie auf den Boden. Zum Glück machten sämtliche Kamerateams so einen Krach, dass er ihr nicht seine Hand auf den Mund drücken musste. Das hätte er wegen der Tollwutgefahr nur sehr ungern getan. Er flüsterte einige beruhigende Worte, aber da war er an der falschen Adresse.

„Ihr müsst auch alles Schöne kaputt machen, was?" fuhr Tiffany ihn an. „Er hat doch keinem was getan!"

Nun brachte Gerard es doch über sich, seinen Fez abzunehmen und ihn Tiffany in den Mund zu stopfen. Schwer atmend beugte er sich über sie und flüsterte ihr ins Ohr.

„Beruhigen Sie sich doch – Ihr Phil ist wohlauf. Ich habe ihn nicht verkauft, ich will ihn hier rausholen!" Prüfend sah er Tiffany an und fragte sich, ob sie das beruhigen würde.

Ein gut gezielter Kniestoß in sein Gemächt überzeugte ihn eines Besseren. Gerard sah Sterne, ihm wurde speiübel und ehe er es sich versah, hatte er plötzlich den Fez im Mund und eine krakeelende Furie über sich.

„Wo ist er?" schrie Tiffany erneut und hämmerte mit ihren Fäusten auf Gerards Brust herum. Sie zog ihm den Fez wieder aus dem Mund und gab ihm zwei schallende Ohrfeigen. Er hatte immer noch zu große Schmerzen, als dass er sich wirkungsvoll zur Wehr setzen konnte.

Also stöhnte er: „Ich bin gerade auf dem Weg zu ihm. Kommen Sie doch einfach mit." Das stimmte auf gewisse Weise. Gerard hatte so eine Idee, wo Ahmed sein könnte. Es gab da so einen Besenschrank, in dem sich immer alle versteckten, die vor ihm fliehen mussten. Dort wollte er nachsehen. Aber erst später, denn wieder bekam er zwei Ohrfeigen, dass ihm der Kopf schellte und hörte die wildgewordene Tiffany brüllen: „Was hast Du mit ihm gemacht?" Jetzt reichte es ihm aber. Trotz Übelkeit bäumte er sich auf und warf Tiffany ab.

„Jetzt hab ich aber genug!" rief er. „Wenn ich sage, ich weiß, wo er ist, dann weiß ich auch, wo er ist!" Tiffany sah so aus, als wolle sie gleich wieder aufspringen, also warf er sich auf sie und holte zu einem betäubenden Schwinger aus.

Das ihm aus vielen Actionfilmen bekannte „Klick-Klack"-Geräusch, das entsteht, wenn eine Pistole durchgeladen wird, hinderte ihn dann allerdings am Zuschlagen. Zu den Schmerzen im Unterleib gesellte sich nun auch noch ein deutlicher Angstkloß in seinem Hals. Er drehte seinen Kopf und sah einen sehr bulligen Mann im Anzug vor sich stehen, der trotz der späten Stunde eine Sonnenbrille trug.

„Well", sagte der Leibwächter leicht gelangweilt, „ich würde sagen, Sie machen jetzt das, was das junge Fräulein will, nicht wahr?" Gerard atmete resignierend aus, lehnte sich zurück und ließ sich weiter von Tiffany verprügeln.

Unruhig saß Ahmed bereits seit geraumer Zeit in seinem Besenschrank und dachte über seine Situation nach. Er wartete auf den richtigen Zeitpunkt zur Flucht, aber vermutlich würde er in seinem momentanen Zustand nicht einmal aus dem Hotel entkommen können. In den letzten Stunden hatte Ahmed immer wieder über das Geschehene nachgedacht und kam immer wieder zu demselben Schluss: Wie gut, dass er Schäfer war und kein Prophet! Und Schäfer wollte er auch wieder werden. Einfach nur an der frischen Luft sein und nichts erklären müssen. Leise summte er ein Lied vor sich hin, das er als Kind gelernt hatte. Nach einigen weiteren Minuten des Wartens hörte er von draußen lautes Rumpeln und kurz darauf auch die wohlbekannte Stimme Tiffanys.

„Ich warne Dich, wenn Du uns in die Irre führst, lässt mein Vater Dich hinrichten!" kiekste es. Tiffany war vor lauter Aufregung wieder dazu übergegangen, ihren Vater als unberechenbaren Diktator hinzustellen. Als nächstes machte sich jemand an Ahmeds Besenschrank zu schaffen. Die Tür ging auf und Ahmed blinzelte zum ersten Mal seit Stunden wieder in ungewohntes Licht. Scheu sah er die fein gekleideten Herren hinter Tiffany und hoffte sehr, dass die Waffen, die sie in den Händen hielten, nicht zum Gebrauch an ihm bestimmt waren. Doch seine Sorgen waren unberechtigt. Kaum war die Tür aufgegangen, als Tiffany ihm auch schon um den Hals gefallen war und ihn intensiv drückte. Gerard stand mit zwei sehr blauen Augen daneben und blickte sich immer wieder besorgt um. Ganz so als erwarte er, dass jeden Moment ein feindliches Einsatzkommando den Gang stürmen würde. Doch nichts dergleichen geschah. Einzig der Senator kam nach einer Weile den Gang entlang geschlurft. Er hatte ein entspanntes Lächeln auf den Lippen. Langsam schritt er auf Ahmed und Tiffany zu und verkündete dann im tiefsten Bass:

„Meinen Glückwunsch, boy, Du hast es geschafft, die Meute so richtig auf einhundertachtzig zu bringen. Wird nicht einfach, Dich hier wieder rauszubringen, aber wir kriegen das hin!"

Ahmed war verwirrt und auch Tiffany sah ihren Vater entgeistert an.

„Wir?" fragte sie. „Soll das heißen, Du nimmst das in die Hand, Dad?" Senator Bright grinste.

„Natürlich, wer denn sonst?" er zeigte auf Gerard. „Die Pluderhose hier etwa?"

Tiffany warf Gerard einen grimmigen Seitenblick zu und der schaute lieber vorsorglich auf den Boden.

„Nein, der hat schon genug angerichtet", sagte Tiffany, „aber wie willst Du Phil durch die ganzen Kontrollen bringen?" Ahmed stutzte. Wer war Phil?

„Na, so wie ich das sehe, sind wir die einzigen Amerikaner hier, was?" sagte Senator Bright grinsend. „Das heißt: Wir sind die Einzigen, die bewaffnet sind. Wer soll uns aufhalten?"

Tiffany, Gerard und Ahmed sahen den Senator

entsetzt an, woraufhin dieser in schallendes Gelächter ausbrach. „Was ist? Man muss doch die Klischees erfüllen. Wenn man denen da draußen nicht das präsentiert, was sie erwarten, wird man sie nie los." Er zwinkerte Tiffany und Ahmed verschwörerisch zu.

Inzwischen ging es auf Mitternacht zu, aber draußen vor dem Hotel waren die Medienmacher weiterhin voll im Einsatz. Kommentare wurden aufgesprochen, Analysen gefertigt und Archivmaterial von Ahmed mit aktuellen Bildern zusammengeschnitten.

Vor dem Übertragungswagen hatte sich eine kleine Elite-Berichterstattungstruppe versammelt und diskutierte über die zu treffenden Maßnahmen.

Der Prophet war schon zu lange verschwunden – das Material ging langsam aus.

Eben machte einer der Journalisten den Vorschlag, man könne ja zur Abwechslung mal recherchieren und die Wahrheit berichten. Doch bevor er seinen Vorschlag fertig ausbreiten konnte, warfen sich alle an der Diskussion Beteiligten blitzschnell auf den Boden. Denn in beunruhigender Nähe knallten Pistolenschüsse durch die Nacht.

Eine befehlsgewohnte Stimme schrie: „Everybody down!" und vor den hastig herumgerissenen Objektiven einiger mutiger Filmcrews raste ein Jeep mit wild in die Luft ballernden Amerikanern auf das Eingangstor zu.

Auf der hinteren Ladefläche des Jeeps lag ein zuckender Jutesack, der recht wüst umhergeschleudert wurde. Und hinter dem Jeep rannte eine tränenüberströmte Tiffany her, die den Flüchtenden wilde Verwünschungen hinterherschrie.

Sofort ging die Nachricht wie ein Lauffeuer durch die Journalisten: „Die Amerikaner haben den Propheten!"

Eilig wurden schnelle Einsatztrupps gebildet, die in ihren Übertragungswägen hinter dem Jeep herfuhren. Nur noch die älteren, verdienten Journalisten blieben vor Ort und kommentierten, wie ihre Kollegen die Verfolgung aufnahmen.

Dies war eine Nacht voller Entscheidungen, voller Dramatik. Eine echte Mediennacht.

SICHERES ASYL

Ich sah gerade fern, als es an die Tür klopfte. In den Nachrichten berichteten sie, dass man keine Spur von den Amerikanern oder dem Propheten gefunden hatte. In einem Müllcontainer nahe des Ferienressorts hatte man nur einen Jutesack mit einem sehr zerzausten Hotelangestellten namens Abu gefunden. Abu war also nicht einmal mehr genug bei Kräften gewesen, um sich als „Gerard" vorzustellen.

Von Senator Brights Pressestelle wurde bekannt gegeben, dass der Senator sich die vergangenen zwei Wochen auf einem Golfurlaub in Texas befunden habe und alle Gerüchte, er habe den Propheten besucht, daher als Ammenmärchen zurückzuweisen seien.

Die Medien reagierten bestürzt auf so viele Un-Nachrichten und versuchten verzweifelt, die Geschichte des Propheten nicht in die Bedeutungslosigkeit abgleiten zu lassen.

Ich schüttelte den Kopf und ging zur Tür. Ich erwartete, dort einen meiner Freunde zu sehen. Es kommen öfter Menschen auf eine Tasse Tee und ein Backgammon-Spiel vorbei.

Aber ich hatte mich geirrt. Vor der Tür stand jenes

Gesicht, das ich eben noch im Fernseher gesehen hatte. Es blickte weniger abwesend drein, als in den Archivaufnahmen der Nachrichten. Und es war definitiv viel ungewaschener, als ich es in Erinnerung hatte.

Aber es war das Gesicht eines Menschen und das fand ich enorm sympathisch.

„Salaam, Ahmed!" sagte ich. „Komm doch herein." Ahmed zitterte leicht. Er war nur mit einer schmutzigen Anzughose bekleidet und hatte sich ein großes Badehandtuch um den Oberkörper gewickelt. Wie ein gehetztes Tier sah er sich in meinem Flur um.

„Lange nicht gesehen", sagte ich und versuchte dabei, einen möglichst normalen Tonfall zu treffen. Ahmed atmete tief durch und ließ seine Schultern entspannt sinken. Er sah so aus, als sei ihm eben ein gewaltiger Betonklotz von den Schultern gefallen.

„Ja", sagte er, „es ist sehr lange her, dass ich hier war." Ich bot ihm an, abzulegen und beeilte mich, vor ihm ins Wohnzimmer zu gelangen. Schnell schaltete ich den Fernseher aus und warf einige Zeitungen mit Ahmeds Titelbild hinter den Schrank. Ich kannte zwar noch nicht seine ganze Geschichte, aber der Augenschein ließ vermuten, dass zumindest er seine ganze Geschichte kannte und keine große Lust verspürte, an sie erinnert zu werden. Er kam in mein Wohnzimmer und ließ sich so wie er war auf mein Sofa sinken. Dann saß er da und entspannte sich mehr und mehr. Es sah aus, als wolle er eins mit dem Sofa werden.

Darin war er recht erfolgreich. Bereits nach etwa einer Minute ähnelte er einer dekorativen Tagesdecke, die sich über mein Sofa ausbreitete. Ein glückliches Seufzen entfuhr ihm.

„Hast Du gehört, was mir passiert ist?" fragte er, den Blick zur Zimmerdecke gewandt.

Ich überlegte kurz, ob ich den Ahnungslosen spielen sollte. Aber damit wäre eine Lüge im Raum gestanden und ich wollte die entspannte Atmosphäre nicht vergiften. Also sagte ich:
„Es war kaum zu überhören und übersehen."

Ahmed nickte, senkte seinen Blick sehr langsam und sah mich an.

„Du weißt es – ich bin dumm und faul."

Flehentlich nickte er und fixierte mich. Ich dachte mir, was für ein lieber Kerl er doch sei. Und darum bestätigte ich es ihm lieber, denn ich fühlte, dass er das jetzt brauchte.

„Ahmed", sagte ich, „Du bist der dümmste und faulste Mensch, der mir je begegnet ist!"

Ein breites Lächeln machte sich auf seinem Gesicht breit, er schloss die Augen und ließ sich erneut laut aufseufzend ins Sofa fallen. Ich ließ ihn ein bisschen in Ruhe, aber dann hielt ich es für notwendig, noch etwas hinzuzufügen.

„Ja, Du bist dumm und faul. Und weißt Du was? Das ist eine sehr gute Kombination von Eigenschaften!" Er öffnete die Augen und sah mich fragend an. Ich fuhr fort.

„Dumm sind viele Menschen. Ja, ich würde sogar behaupten, dass es sehr schwer ist, nicht dumm zu sein. Und weißt Du was? Es ist nicht schlimm, dumm zu sein, so lange man demütig und bescheiden ist." Ich zeigte mit dem Finger auf ihn.

„Du, Ahmed, bist der bescheidenste Mensch, den ich kenne! Du bist zufrieden damit, in der Sonne zu liegen und die Welt zu beobachten. Das ist das, was man faul nennen könnte. Und tatsächlich wäre es nicht gut um die Welt bestellt, wenn es Dir alle gleich täten." Ahmed sah mich interessiert an. Ich beugte mich leicht nach vorne und lächelte.

„Aber es gibt viel Schlimmeres: Dumme Menschen, die nicht faul sind."

Ahmed lachte leise auf. Ich glaube, er verstand, worauf ich hinaus wollte.

„Diese Menschen sehen etwas und wollen es interpretieren, obwohl sie es nicht können. Diese Menschen setzen jede ihrer Ideen um, koste es was es wolle. Sie sind sehr fleißig darin, Unsinn zu produzieren."

Ahmed schüttelte lachend den Kopf und sagte: „Du meinst also, wenn man dumm ist, ist es gleichzeitig das Beste, faul zu sein?" Ich lächelte ihn an.

„Nun ja, es ist zumindest das Beste für alle anderen. Versteh mich nicht falsch – es ist natürlich besser, klug und aktiv zu sein. Aber besser dumm und faul als dumm und hyperaktiv!" Ahmed seufzte und wurde wieder ernst.

„Aber ich war es doch, der den Menschen all diesen Unsinn in den Kopf gesetzt hat. Man kann sich noch so anstrengen, harmlos zu sein – irgendwann kommt einer, macht einen zum Propheten und schon hat man Böses verursacht, ohne es zu wollen." Ich stand auf, setzte mich neben ihn und strich ihm sanft über den Kopf.

„Das ist nicht Deine Schuld", sagte ich. „Schau, wenn ein Architekt eine Brücke plant, über die einmal Lastwagen rollen sollen und ein Kind sagt zu ihm, er solle sie aus Streichhölzern bauen – dann ist nicht das Kind töricht, sondern der Architekt, wenn er auf es hört.Unsere Gesellschaft ist auf Arbeitsteilung aufgebaut. Keiner muss alles tun, aber jeder hat seinen Bereich, auf den er besonders spezialisiert ist." Ahmeds Stirn kräuselte sich. Er versuchte angestrengt, meiner Argumentation zu folgen.

„Wenn Du also verrückt spielst und ein Journalist sieht das – dann ist es seine Aufgabe, zu erkennen, dass Du nur Unsinn erzählst. Das hat er gelernt, dafür wird er bezahlt."

Ahmed nickte. „Das habe ich bisher eigentlich auch immer gedacht." sagte er.

Ich zuckte mit den Achseln. „So sollte es zumindest sein", sagte ich. „Journalisten tragen eine große Verantwortung: Sie müssen den Menschen die Wirklichkeit erklären und falsche Informationen von richtigen trennen. Das Problem ist nur: wenn Journalisten Fehler machen, stürzen keine Brücken ein, sondern Welten."

Ahmed sah mich ungläubig an, also fuhr ich fort. „Na ja", sagte ich, „zum Glück gibt es ja auch noch so was wie den gesunden Menschenverstand – wer glaubt den Medien schon alles?" Ahmed sah nicht sehr überzeugt aus. „Also ich finde, eine ganze Menge Menschen tun das!" sagte er. Ich zuckte mit den Schultern. „Was wissen wir schon darüber, was

Menschen glauben? Ich bin nur ein alter Mann und Du ein dummer Faulpelz! Wie wäre es mit einer Runde Backgammon?" Das musste ich Ahmed nicht zwei Mal sagen. Als wäre er aus einem bösen Traum erwacht, nickte er eifrig. Also machte ich uns Tee und holte das Spielbrett.

Wir saßen und spielten die ganze Nacht, ohne dass einer von uns noch ein Wort sagte. Es war genug geredet worden in den vergangenen Wochen und die Stille legte sich wie ein Pflaster auf Ahmeds Seele. Erst als der Morgen graute, brach er das Schweigen und fragte mich sehr schüchtern, ob ich nicht seine Geschichte aufschreiben wolle. Nur damit alle wüssten, was wirklich passiert war. Nun, ich bin ein alter Mann und habe viel Zeit, also versprach ich ihm, seine Geschichte zu schreiben. Eine Geschichte, die am Ende ohne richtiges Ende dasteht. Denn alle Beteiligten leben noch und sogar die Welt dreht sich trotz aller Untergangsvorhersagen weiter.

Tiffany kehrte in die USA zurück, um wieder in ihrem erlernten Beruf zu arbeiten und Senator Bright sorgte dafür, dass sie sich nicht allzu viel Gedanken darüber machte, wo Ahmed hin verschwunden war.

Anfangs suchte sie zwar etwas nach ihm, aber nicht sehr erfolgreich. Ich besuchte sie natürlich, um diese Chronik verfassen zu können. Aber sie kam nicht auf die Idee, dass ich Ahmed gut kenne. Und so wie ich die Sache einschätze, war sie in Wirklichkeit auch gar nicht daran interessiert, ihn wieder zu finden.

Gerard – oder ich sollte wohl besser wahrheitsgemäß sagen: Abu – fand sein Glück bis jetzt nicht. Nach der Sache mit dem Jutesack hatte er seine Autorität im Ferienressort eingebüßt und musste nach seinen hochtrabenden Träumen nun wieder Drinks mixen, lächerliche Kleidung tragen und sich sein Trinkgeld schwer erkämpfen. Ich wünsche ihm, dass er irgendwann einmal die Jagd nach dem schnellen Geld aufgeben und glücklich wird.

Meine Erfahrung in solchen Dingen ist: Sobald er auch rein äußerlich der ruhigen Kugel ähnelt, die er dann schieben wird, kann man sagen, dass er über dem Berg ist.

Nun, und was die anderen Menschen betrifft, die mit dieser Sache zu tun hatten: So weit ich es beurteilen kann, tun sie das, was Menschen immer tun: Sie vergessen und verdrängen, dass sie all das je erlebt haben. Die beteiligten Journalisten holte nach diesem aufregenden Geschehen im Herbst das Tagesgeschäft wieder ein und der Filmemacher verstaute seinen Dokumentarfilm über Ahmed sicher in seinem Privatarchiv. Der Doktorand, der über Nacht zum Professor geworden war, legte das Geld, das er mit seinen Exegese-Büchern verdient hatte, gut an und widmete sich künftig seriöseren Themen. Das letzte, was ich von ihm gefunden habe, war eine Abhandlung über die Sprache der Lemuren und wie sie unser Leben beeinflusst. Und die vielen Menschen, die bei Ahmed Rat gesucht hatten, waren zumindest einen Sommer lang nicht besser oder schlechter beraten gewesen als sonst auch. Die einzigen, denen Ahmeds prophetische Verwirrung auf lange Sicht wirklich geschadet hat – das waren die Schafe. Ich habe mich bemüht herauszufinden, wo sie hingekommen sind. Aber die Geschichte von verirrten Tieren zu verfolgen, ist leider selbst für einen gewissenhaften Chronisten viel schwerer, als das Schicksal eines verwirrten Menschen zu verfolgen. Ich muss deshalb leider vermuten, dass sie verloren gingen, wilden Tieren zum Opfer fielen oder einfach von einem anderen Schäfer gefunden wurden. Was Schafen eben so passiert, wenn sie keinen Schäfer mehr haben.

Ich möchte diese Geschichte aber nicht mit einem so traurigen Gedanken abschließen. Und ich möchte auch nicht nochmals die Metapher bemühen, dass Medien die Schäfer der Menschen seien. Das sind sie sicher nicht, das wäre zu viel der Ehre. Aber diejenigen, die Medien machen, sollten sich eines bewusst sein:

Informationen und Medien sind nicht von sich aus etwas Gutes. Falsch gebraucht sind sie Waffen und man sollte äußerst vorsichtig mit ihnen umgehen.

In den Händen verantwortungsloser Menschen helfen sie nicht – sie zerstören.

Wie gefährlich ist es doch, wenn Informationen, die nur zu einer bestimmten Zeit in einer bestimmten Kultur nützlich sind, zur falschen Zeit am falschen Ort veröffentlicht werden! Und auch die Menschen, die Medien nutzen, dürfen nicht einfach nur konsumieren. Sonst geschieht viel Schlechtes in der Welt – so wie in dieser Geschichte geschehen.

Ich möchte nun enden mit dem, was Ahmed zu meiner Chronik sagte.

Er sagte: „Nette Geschichte – aber warum schwafelst Du immer so viel? Mir ist doch nur ein Stein auf den Kopf gefallen."

Tatsächlich, werter Leser.
Eigentlich ist einem Schäfer nur ein Stein auf den Kopf gefallen – und das ist im Grunde alles, was passiert ist.

Ich gebe zu, ich habe viel zu viel geschwafelt und diesen Kern der Geschichte völlig aus den Augen verloren.

Aber manchmal wird man von den Medien und den ganzen Verwirrungen dieser Welt einfach zu sehr vom Kern der Sache abgelenkt.

Darum legen auch Sie nun diese Geschichte weg und widmen sich ein bisschen den Menschen, die sie lieben. Möge Ihnen und Ihren Lieben jeder Steinschlag erspart bleiben!

Salaam!

CLAUS GOWORR

Claus Goworr, geboren 1959, war Vice-President einer international bekannten Unternehmensberatung und gründete dann seine eigene Firma. Insbesondere betreut er Unternehmen bei der Suche und Auswahl von Führungskräften.

Als kritischer Geist ist er gefragter Gesprächspartner von Unternehmern und Medien. Als Verfasser mehrerer Schriften zu aktuellen gesellschaftlichen Themen mit dem Fokus auf Menschen im Wirtschaftsprozess, Unternehmensführung oder Gesellschaft, legt er gerne den Finger in die Wunden. Er zeigt häufig vorausschauend Themen auf, wie z.B. demographische Einflussfaktoren, Korruption im Unternehmen, Managementverhalten und Internetgefahren für den Wirtschaftstandort. Claus Goworr ist verheiratet, lebt und arbeitet in München, Wien und Vancouver.

Claus Goworr vermutet, dass die Deutschen Krisen lieben. „Die Krise" beschreibt amüsant, wie aus einem banalen Ereignis ein Mediensturm wird, aus einem „normalen" Menschen ein Held und Weissager gemacht wird, der die Welt in Atem hält.

Die Erzählung spielt mit der Verführbarkeit durch die Medien. Finanzkrise, Börsenkurse, Terror, Atom oder Killerviren – wir haben Angst und lassen uns beeinflussen von dem, was von den Medien als wichtig vermarktet wird. Nur gut, dass sich die „wichtigen Ereignisse, Sternchen und Stories" so geschickt, fast wie abgesprochen, Woche für Woche aneinander reihen. Durch die Überspitzung in seiner Erzählung „Die Krise" ermutigt Goworr uns, gelassen und kritischer mit dem umzugehen, was uns täglich als „Top News" verkauft wird und an die ungesteuerten Konsequenzen der Globalen Medienwelt zu denken.